de Bibliotheek
Breda Zuid-Oost

MARIAN HOEFNAGEL

Blauwe Maandag

DOOR DRANK UIT ELKAAR?

Uitgeverij Eenvoudig Communiceren

Blauwe Maandag is deel 4 in de *Reality Reeks* van Uitgeverij Eenvoudig Communiceren. De *Reality Reeks* is mede tot stand gekomen dankzij een bijdrage van het Ontwikkelfonds Praktijkonderwijs.

In de *Reality Reeks* zijn eerder verschenen: *Chatten*, *Mooi Meisje* en *Hey Russel!*. Alle delen uit de *Reality Reeks* zijn te bestellen via:

Uitgeverij Eenvoudig Communiceren
Postbus 10208
1001 EE Amsterdam
Telefoon: 020-520 60 70
Fax: 020-520 60 61
E-mail: info@eenvoudigcommuniceren.nl
Website: www.eenvoudigcommuniceren.nl

- Kijk voor meer informatie over het thema van *Blauwe Maandag* op www.watdrinkjij.nl.
- Bij *Blauwe Maandag* is een docentenhandleiding verkrijgbaar. Deze kunt u downloaden van www.eenvoudigcommuniceren.nl.

Tekst: Marian Hoefnagel
Redactie en vormgeving: Eenvoudig Communiceren
Illustraties: Heerko Tieleman
Druk: BalMedia

ISBN 978 90 8696 004 0
NUR 286

Jesse

Jesse zit op een bankje.
Om precies te zijn: hij zit op de leuning van
een bankje. Alleen.
Alle andere leerlingen staan met elkaar in
groepjes te praten.
Het is tien over acht.
Bijna tijd om naar binnen te gaan.

Jesse kijkt een beetje om zich heen.
De leerlingen hier zien er net zo uit als thuis,
denkt hij.
Maar dan schrikt hij.
Nee, zo moet hij niet denken.
Thuis, dat is nu hier. Hier, in Nederland.

Hij trommelt met zijn vingers op de leuning
van het bankje.
Op de maat van de muziek uit zijn mp3-speler.
De muziek maakt hem rustig.
En dat heeft hij wel nodig.
Want zo leuk is het niet om naar een nieuwe
school te gaan. In een nieuw land.

De scholen in Nederland zijn hartstikke leuk,
heeft zijn moeder gezegd.
De leraren zijn helemaal niet streng.
En als je een onvoldoende hebt, kun je er altijd
over gaan praten.

Raar land, had Jesse toen gedacht.
Een onvoldoende is toch een onvoldoende?
Hoe kun je daar nou over praten?
Dat had hij ook tegen zijn moeder gezegd.
Maar die had alleen maar even gelachen.

'Wacht maar af', zei ze toen.
'Ik weet zeker dat je het tof vindt in Nederland.
Vooral voor tieners is er heel veel vrijheid.
Je kunt er geweldig uitgaan.
Hier mag je in cafés geen alcohol drinken voor je
21ste.
Maar in Nederland wel.
Is dat gaaf of niet?'
'Jawel', had Jesse toen gezegd.
Maar ja, nu zit hij hier, op dat bankje in
Nederland.
En hij vindt er niets aan.

Mara

Mara weet niets van de sombere gedachten van
Jesse.
Ze zit in de wiskundebijles en kijkt naar buiten.
Dat is hem, denkt ze, als ze Jesse ziet.
Dat is de man van mijn dromen.

De andere jongens staan in groepjes met elkaar
te praten.
En kinderachtig tegen elkaar aan te duwen.
De man van Mara's dromen zit op de leuning
van een bankje.
Hij luistert naar zijn mp3-speler.
En kijkt een beetje rond.

Het zal wel een nieuwe jongen zijn, denkt Mara.
Ik heb hem nog nooit gezien.
Misschien komt hij bij mij in de klas.
Ze kijkt nog eens goed.
Ja, hij is vast een jaar of 16.
Het zou best kunnen dat hij in 3A komt.
Dan gaat de bel.
Mara doet haar wiskundeboek in haar tas.

Schrift in de tas, potloden, liniaal, driehoek.
Ze doet de brede riem van de tas over haar
schouder.
Met de tas op haar heup loopt ze de klas uit.
'Dag meneer', zegt ze tegen de wiskundeleraar.

'Dag Mara', zegt de man vriendelijk.
'Heb je iets geleerd van mijn bijlessen?'
Mara knikt.
'Jawel', zegt ze.
'Maar het blijft vervelend dat ik er zo vroeg voor
mijn bed uit moet.'
'Tja', zegt de leraar. 'Dat geldt ook voor mij.
Ik had ook liever nog een uurtje langer geslapen.'

Mara kijkt hem even verbaasd aan.
Daar had ze nog niet aan gedacht.
Maar hij heeft natuurlijk gelijk.
Niet alleen de leerlingen moeten een uur vroeger
op school komen voor de bijlessen.
De leraren moeten ook eerder hun bed
uitkomen.
'Nou eh, bedankt voor het vroege opstaan dan',
zegt ze lachend.

Alles voor niets

De hele ochtend kijkt Mara steeds naar de deur
van het lokaal.
Zo meteen komt hij binnen, de man van haar
dromen.
Samen met de directeur.
En dan zegt de directeur dat hij maar naast Mara
moet gaan zitten.
Want daar is nog een plaats vrij.

Mara heeft haar tas op de stoel naast zich gezet.
Zodat niemand daar kon gaan zitten.
Een paar meisjes probeerden het wel.
Vriendinnen van Mara.
Ze zetten Mara's tas al van de stoel, om te gaan
zitten.
Maar Mara hield de meisjes steeds tegen.
'Nee', zei ze.
'Ik wil vandaag liever alleen zitten.'

De meisjes keken allemaal verbaasd.
En soms ook een beetje boos.
Maar het is allemaal voor niks geweest.

Niemand komt de deur van het lokaal binnen.
De hele ochtend niet.

Als het pauze is, staat Mara met een zucht op.
Dan maar een paar repen kopen, denkt ze.
Lekker veel slechte chocola.
Mars en Bounty en Rolo.
En misschien ook nog een Kitkat.
Als troost.

Terwijl ze het lokaal uit loopt, pakt ze haar
portemonnee.
Even kijken, een euro en tachtig cent.
Is dat alles wat ze nog heeft?
Mara trekt een rimpel in haar voorhoofd.
Eergisteren heeft ze zakgeld gekregen.
Tien euro.
Heeft ze dan al meer dan acht euro uitgegeven?
Nee, dat kan niet.
Mara zoekt verder in het andere vakje van haar
portemonnee.
En dan, boem, loopt ze tegen iemand op.

Botsing

'Je moet uitkijken, Mara', zegt de directeur
streng.
Mara kijkt verschrikt op.
'O, sorry', zegt ze. 'Ik had u niet gezien.'
'Nee, dat is ook moeilijk als je met je neus in je
portemonnee zit', zegt de directeur nijdig.
'Je moet voor je kijken als je loopt, Mara.
Niet naar beneden.
Gelukkig had ik geen koffie in mijn handen.'

'Nee, gelukkig', geeft Mara toe.
Bij zichzelf denkt ze: ouwe zeur. Er is toch niets
gebeurd. Eikel.
De directeur kijkt Mara vreemd aan.
Alsof hij haar gedachten kan lezen.
Maar hij zegt verder niets.

En dan ziet ze hem pas.
De man van haar dromen.
Hij staat schuin achter de directeur.
En hij geeft haar een knipoog.
Van schrik laat Mara haar portemonnee vallen.

De muntjes rollen over de grond.
'Ik eh ..., ik laat mijn geld vallen', mompelt ze.
Ze staart nog steeds naar de nieuwe jongen.
Die knikt ernstig.
'Geld moet rollen', zegt hij dan.

Nu moet Mara lachen.
'Maar niet over de gang', antwoordt ze.
Ze bukt gauw om haar geld op te rapen.
Stomme trut, denkt ze bij zichzelf.
Hoe kan ze dat nou doen?
Zo lang naar een jongen staren?
Wat moet hij wel van haar denken?

Ze kruipt verder over de grond.
Daar ligt nog een muntje en daar ook.

Boze blauwe ogen

Jesse kijkt naar het meisje met de boze blauwe
ogen.
Ze is net tegen de directeur opgelopen.
Ze kijkt alsof ze met hem wil gaan vechten.
Jammer dat ik geen gedachten kan lezen, denkt
Jesse.
Jammer dat ik niet weet welk scheldwoord ze nu
denkt.
En dan kijkt ze ineens naar hem.
Hij lacht naar haar en geeft een knipoog.

De boosheid verdwijnt uit de blauwe ogen.
De ogen kijken hem nu verschrikt aan. En
verbaasd.
Ik heb nog nooit zulke ogen gezien, denkt Jesse.
Het lijkt wel alsof ze een heel verhaal vertellen.
En dan valt haar portemonnee op de grond.

Het meisje duikt niet naar beneden om haar geld
op te rapen.
Ze blijft hem verbaasd aankijken.
'Ik eh..., ik laat mijn geld vallen', zegt ze dan.

Jesse knikt ernstig.
'Geld moet rollen', antwoordt hij.

De blauwe ogen beginnen ineens te lachen.
'Maar niet over de gang', zegt het meisje.
En dan duikt ze toch nog naar beneden.
Om de muntjes op te rapen.

Een muntje is een eind weggerold.
Helemaal achter de directeur.
Jesse bukt zich en raapt het op.
Als hij overeind komt, stoot hij hard zijn hoofd.
Tegen het hoofd van het meisje met de blauwe
ogen. 'Au!', roept ze.

'Hier is nog twintig cent', zegt Jesse.
Hij geeft Mara het muntje en wrijft over zijn
voorhoofd.
'Eigenlijk is het te weinig voor een kopstoot', zegt
hij nog.
Dan trekt de directeur aan zijn arm.
'Kom mee, Jesse', zegt de directeur.
'Ik breng je naar je mentor.
Mara kan haar geld zelf wel oprapen.'

Chocola

Het schoolwinkeltje gaat net dicht, als Mara er
aan komt.
'Mag ik nog wat kopen?', vraagt ze.
'Ik heb zo'n trek in chocola.'
'We zijn dicht', zegt het meisje van het winkeltje.
'Toe?', vraagt Mara lief. 'Ik heb het echt nodig.
Ik dacht dat ik de man van mijn dromen had
ontmoet.
Maar hij heeft me een kopstoot gegeven.
Nu heb ik chocola nodig om mezelf te troosten.'
Mara trekt een zielig gezicht.

Het meisje van het winkeltje moet lachen.
'Vooruit dan maar', zegt ze.
'Wat wil je hebben?'
'Alles wat ik kan krijgen voor eh ....'
Mara zoekt in haar portemonnee.
'Voor € 1,60', zegt ze dan.
Het meisje pakt een Kitkat, een Rolo en een
Bounty.
'€ 1,50', zegt ze.
'En het beste met je hoofd.

Ik zie de blauwe plek al komen.'

'Echt?', vraagt Mara.
Ze voelt verschrikt aan haar voorhoofd.
Ook dat nog.
Een blauwe plek op haar hoofd.
Ze rent naar de wc en kijkt in de spiegel.
Het meisje van het winkeltje had gelijk.
Vlak boven haar rechteroog komt een blauwe
plek.

Dan gaat de bel.
Mara zucht.
Ze houdt een papieren handdoekje onder de
kraan.
En wrijft ermee over de blauwe plek.
Natuurlijk helpt het niet.

Te laat

'Je bent te laat', zegt de leraar Engels.
Mara knikt.
'Ik heb mijn hoofd gestoten', zegt ze.
Ze wijst naar de blauwe plek.
'Ik heb er koud water op gedaan.'

'Mmm', zegt de leraar Engels.
'Nou, vooruit. Ga maar zitten.'
Mara kijkt de klas rond, naar een vrij plekje.
En dan ziet ze hem.
Voor de derde keer vandaag. Jesse.
Hij zit bij het raam. Alleen.
En hij kijkt haar grijnzend aan.

Dit is precies wat ik wilde, denkt Mara.
Ik kan gewoon naast hem gaan zitten.
Ze loopt al naar hem toe.
Maar dan opeens durft ze niet meer.
Hij zit zo te grijnzen.
Hij vindt haar vast een stom kind.
Ze loopt gauw door naar achteren.
En gaat naast Marijn zitten.

Alle ogen in de klas kijken verbaasd naar Mara.
Mara en Marijn zitten nooit naast elkaar.
Mara en Marijn bemoeien zich niet met elkaar.
Ze fietsen nooit met elkaar naar school.
Ze maken hun huiswerk niet samen.
En nu gaat Mara ineens naast hem zitten?

'Zo, zus', bromt Marijn zachtjes, als Mara naast
hem schuift.
'Durfde je niet naast die nieuwe jongen te gaan
zitten?'
Mara kijkt haar broer aan.
Is het zo duidelijk?
Dan schudt ze haar hoofd.
'We hebben elkaar al een kopstoot gegeven', zegt
ze.
'Dat is wel genoeg voor vandaag.'

Engels

'We will speak English now', zegt de leraar.
Mara kijkt naar Marijn en rolt met haar ogen.
'Wedden dat ik naar voren moet komen?'
fluistert ze.
'Hij moet mij altijd hebben.'
Maar de leraar kijkt niet naar Mara.
Hij kijkt naar Jesse.
'Jesse, can you please tell us something about
yourself?', vraagt de leraar.

Jesse staat rustig op en loopt naar voren.
En dan gaat hij vertellen.
In het Engels.
Dat hij een Nederlandse moeder heeft.
En een Amerikaanse vader.
Dat hij in Nederland geboren is.
Dat hij in Amerika is opgegroeid.

En dat hij twee weken geleden weer in Nederland
is komen wonen.
Samen met zijn moeder.
De klas is er stil van.

Jesse spreekt zo goed Engels.
Bijna beter dan de leraar!
'Wow', zucht Mara.
'Ik wou dat ik zo Engels kon spreken.'
Jesse kijkt haar lachend aan.

'Any questions?', vraagt de leraar.
Hij kijkt de klas rond.
Maar niemand durft een vraag te stellen.
Ze zijn allemaal bang dat hun Engels nu wel heel
erg kinderachtig klinkt.
'I have a question', zegt de leraar dan.
En dan vraagt hij of Jesse zelf vindt dat hij goed
Engels spreekt.
Jesse moet even lachen.
'No', antwoordt hij.

En dan legt hij uit dat hij Amerikaans spreekt.
En dat dat anders klinkt dan Engels.
'Het is wel dezelfde taal', zegt Jesse.
'Maar de uitspraak is anders.
Engels is veel deftiger dan Amerikaans.'

Een soort legerkamp

Jesse staat voor de klas.
Hij vertelt dat hij in Nederland geboren is.
En dat hij in Amerika is opgegroeid.
Dat hij in een soort legerkamp woonde.
Omdat zijn vader bij het leger werkte, als piloot.
Dat zo'n legerkamp geweldig is, als je van sport
houdt.
Alles is gratis: het zwembad, de tennisbanen,
de fitnessclubs.

De leerlingen van 3A hangen aan zijn lippen.
Ze vinden zijn verhalen over Amerika
fantastisch.
Dat ziet Jesse wel.
Hij voelt zich er wat minder zenuwachtig door.
Want dat was hij wel, vanmorgen!
Hij deed wel heel rustig.
Maar van binnen voelde hij zich heel anders.

Eigenlijk was Jesse veel liever in Amerika
gebleven.
Deze zomer had hij autorijles kunnen krijgen.

En na de zomer had hij dan zijn rijbewijs gehad.
Want in Amerika mag je al auto rijden als je 16
bent.
Veel tieners hebben daar ook zelf een auto.
In Nederland hebben tieners nooit een auto.
Alleen een fiets.

Jesse vertelt en vertelt.
In het Engels, natuurlijk.
Hij kijkt van de ene leerling naar de andere.
Want zo heeft hij het geleerd op school.
Je moet altijd je publiek aankijken, als je een
spreekbeurt houdt.
Maar hij kijkt het meest naar Mara.
Haar ogen glinsteren, terwijl ze naar hem
luistert.
Het lijken wel toverogen, denkt Jesse. Magic eyes.

Na tien minuten houdt hij op met vertellen.
'That's all', zegt hij tegen de leraar.
'Wow', hoort hij Mara zeggen.
'Ik wou dat ik zo Engels kon spreken.'

Verliefd

Mara en Marijn fietsen samen naar huis.
Voor het eerst sinds een heel lange tijd.
'Wat had jij nou met die Jesse?' vraagt Marijn.
Mara grinnikt.
'Ik botste in de pauze tegen de directeur op',
vertelt ze.
'En toen liet ik mijn portemonnee vallen.
Jesse stond erbij.
Hij heeft me geholpen met het oprapen van mijn
geld.
Toen we allebei tegelijk overeind kwamen,
botsten onze hoofden tegen elkaar.
Best pijnlijk.'

'O', zegt Marijn.
'Ik dacht iets heel anders.'
'Ja, dat ook', geeft Mara toe.
Marijn kijkt haar verbaasd aan.
'Ik vind hem ook leuk. Dat bedoelde je toch?'
zegt ze lachend.
Marijn knikt.
Ja, dat bedoelde hij.

Marijn schudt even zijn hoofd.
Dat begrijpt hij dus helemaal niet van Mara.
Ze zegt altijd meteen dat ze verliefd is.
En Mara is vaak verliefd. Heel vaak.
Hij is heel anders.
Hij is maar af en toe verliefd.
En altijd stiekem.
Maar Mara niet.
De hele wereld mag het weten, als ze verliefd is.
En de hele wereld komt het ook te weten.
Daar zorgt ze wel voor.

Hoe kunnen we zo verschillend zijn?, vraagt
Marijn zich af.
Zouden we wel echt dezelfde ouders hebben?
Hij kijkt opzij naar zijn zus.
Ze is klein en niet bepaald mager.
Hij is lang en wel mager.
Mara heeft donker steil haar en blauwe ogen.
Hij heeft blond krullend haar en bruine ogen.
Dat klopt toch niet, als je een tweeling bent?

Muziek maken

'Hoe was het?', vraagt de moeder van Jesse.
Jesse gooit zijn rugtas op de grond en kijkt zijn
moeder aan.
'Well', zegt hij. 'You know.'
Hij haalt even zijn schouders op.
'Nee', zegt Jesses moeder. 'Ik weet het niet.
Daarom vraag ik het.'

'Het was wel oké', antwoordt Jesse.
'Anders dan in Florida?', vraagt zijn moeder.
'Ja, natuurlijk', zegt Jesse.
'Maar school is school.
Dat is hier niks en dat is daar niks.'

'Ik vond het wel leuk op school', zegt Jesses
moeder.
'Ik had eigenlijk alleen mijn huiswerk om me
zorgen over te maken.
Verder was het lekker lachen met vriendinnen.'
Jesse zegt niets terug.
Hij heeft geen zin om met zijn moeder in
discussie te gaan.

'Ik ga muziek maken, oké?', vraagt hij.
Zijn moeder knikt.
'Dan ga ik boodschappen doen', zegt ze.
'Ik ben over een uurtje weer terug.'

Jesse draait zich om en loopt naar zijn keyboard
toe.
Gauw zet hij zijn koptelefoon op.
Zo, lekker niets meer horen.
Alleen de tonen van het keyboard.
Zo kan hij al zijn gedachten vergeten.
Gedachten over Amerika.
Het land dat hij mist.
En gedachten over zijn vader.
Die hij nog veel erger mist.

Hij probeert een leuk loopje te maken op het
keyboard.
Zoiets als het begin van 'Little Green Bag'.
Het liedje waar hij altijd zo rustig van wordt.
Jesse probeert en probeert.
Maar het lukt niet echt.

Fitness

'Ik ga naar fitness', roept Mara.
Ze pakt haar sporttas en rent de deur uit.
'Hoe laat ben je terug?', roept haar moeder haar
achterna.
'Uur of acht', schreeuwt Mara terug. 'Doei.'

Mara springt op haar fiets en racet de straat uit.
Ze wil graag voor halfzeven bij de sportschool
zijn.
Dan zijn de meeste apparaten nog vrij.
En dan kan ze kiezen welk apparaat ze neemt.
Ze neemt nooit de loopband, het roeiapparaat of
de fiets.
Lopen en fietsen doet ze genoeg.
En aan roeien heeft ze een hekel.

Maar de apparaten voor beenspieren kiest ze
vaak.
Net als de apparaten voor buikspieren.
Als ze elk apparaat tien minuten doet, is ze in
een uur klaar.
En dan heeft ze het gevoel dat ze tien kilo lichter
is.

Natuurlijk is dat niet zo, maar het voelt wel zo.

Bij de sportschool kijkt ze of de fiets van Jing er staat.
Jing is haar sportvriendin.
Meestal sporten ze op twee apparaten naast elkaar.
En dan kletsen ze wat.
Over school en over hun figuur en over jongens.
Maar ze ziet Jings fiets nergens.

Zou Jing alweer niet komen?, denkt Mara.
De vorige keer was ze er ook al niet.
Zonde van dat dure abonnement.
Want dat is het wel het nadeel van fitness.
De prijs.

Jesse vertelde vanmorgen dat het in Amerika allemaal gratis is.
Zwemmen en tennissen en fitnessen.
Wat zullen die Amerikanen lekker fit zijn, denkt Mara.
En dan gaan haar gedachten weer naar Jesse.
Jesse...

Niet zo groot, met brede schouders.
Heel kort haar.
Een pilotenjas en een soldatenbroek.
Mara zucht.
Hij zal wel de man van mijn dromen blijven,
denkt ze.
Hij wordt vast nooit de man van mijn echte
leven.
Ze doet al twee weken haar best om zijn
aandacht te trekken.
Maar het wil niet erg lukken.

Jing

Als Mara terugfietst van de sportschool, neemt
ze een omweg.
Ze wil even langs Jing gaan.
Om te vragen waarom ze niet meer naar fitness
komt.
Want met Jing samen is fitness veel leuker.
In je eentje duren al die oefeningen best lang.
Maar als je kletst is het uur zo voorbij.

Mara weet ongeveer waar Jing woont.
Ze weet in welke straat ze woont.
En ook in welk deel van de straat.
Maar ze weet niet op welk nummer.
Daarom kijkt Mara bij elk huis naar binnen.
Nee, hier wonen twee oude mensen.
Nee, daar woont een gezin met blonde kinderen.
Dat kan de familie van Jing niet zijn.
Want Jing is Chinees.

Daar misschien? Mara tuurt naar binnen.
Daar zit iemand met een koptelefoon op.
Het zou Jing kunnen zijn.

Mara gaat langzamer fietsen om beter te kunnen
kijken.
Nee, het is Jing niet.
Nu ziet ze het. Het is een jongen.
Dan kijkt de jongen van zijn keyboard op.

'Jesse!', roept Mara verbaasd.
Jesse steekt zijn hand op.
Hij roept ook iets tegen haar.
Dat denkt Mara tenminste, want zijn mond
beweegt.
Mara wil ook haar hand opsteken.
En gebaren dat ze hem niet kan verstaan.
Maar boem, daar botst ze weer eens.
Niet tegen de directeur, dit keer.
Maar wel tegen een vuilcontainer.

Gelukkig komt de klap niet hard aan.
Mara reed heel langzaam.
Ze kan gewoon van haar fiets afspringen.
Ze valt niet eens.
Maar de container valt wel.
En allerlei rotzooi rolt over de straat.
Shit, denkt Mara. Dat heb ik weer.

De wereld staat even stil

Jesse ziet het allemaal gebeuren.
Hij had Mara nog willen waarschuwen.
Maar ze verstond hem natuurlijk niet.
Gauw rent hij naar buiten.
Mara staat een beetje somber naar de rotzooi te kijken.

'Heb je je pijn gedaan?', vraagt Jesse.
Mara schudt haar hoofd.
'Maar ik heb wel een boel troep gemaakt', zegt ze.
'We ruimen het samen even op', zegt Jesse.
'Dan is het zo gebeurd.'
Hij zet de container weer overeind.
En begint schillen en takken van de straat op te rapen.
Mara zet haar fiets tegen een lantaarnpaal.
'Daar gaan we weer', zegt ze.
En ze bukt zich om wat oude bloemen op te rapen.

'Blijf een beetje bij me uit de buurt', grinnikt Jesse.
'Ik wil niet nog eens je voorhoofd tegenkomen.'

Mara gooit de bloemen in de container en bukt zich weer.

Op handen en voeten komt ze naar Jesse toe.

Ze houdt haar gezicht vlak voor zijn hoofd.

'Wat is er mis met mijn voorhoofd?', vraagt ze.

Ze kijkt hem plagend aan.

Jesse kijkt naar haar en voelt zijn hart sneller gaan kloppen.

'D'r zit nog steeds een b-blauwe p-plek op', stottert hij.

'Past goed bij mijn ogen', vindt Mara.

Jesses hart gaat nog sneller kloppen.

Hij weet niet wat hij moet zeggen.

Hij kan alleen maar naar Mara's ogen kijken.

Ogen die verhalen kunnen vertellen.

Ogen die hem naar haar toetrekken.

Langzaam gaat zijn gezicht naar dat van Mara.

Of misschien gaat Mara's gezicht wel naar hem toe.

Zachtjes raken zijn lippen de hare.

Het is geen lange kus.

Maar de wereld lijkt even stil te staan, daar op straat.

Groen rokje

Mara staat voor de spiegel te draaien.
Het korte groene rokje dat ze aan heeft, is leuk.
Maar koud.
De zwarte broek die op haar bed ligt, is lekker
warm.
Maar niet zo sexy.
Misschien een dikke panty onder het rokje?
Mmm, zou kunnen.

'Mara', roept haar moeder.
'Je komt te laat. Marijn is allang weg.'
Mara rent de trap af.
'Klaar', zegt ze tegen haar moeder.
'Helemaal niet klaar. Je hebt niet gegeten',
moppert haar moeder.
'Hoeft ook niet', vindt Mara. 'Ik heb vet genoeg.'
Ze knijpt in haar zij.
'Zie je wel, allemaal vetrollen.'
'Ja, hoor', zegt haar moeder.
'Als iemand dikzak roept, kijk jij zeker om?'
Mara steekt haar tong uit, terwijl ze langs haar
moeder loopt.

Die stopt nog gauw een krentenbol in haar
handen.
Mara schudt even haar hoofd.
Moeders!
Ze willen je altijd volstoppen met eten.
Ook als je al vet genoeg hebt.

Ze fietst als een gek door de straten.
Natuurlijk is ze weer te laat.
Ze heeft veel te lang voor de spiegel staan tutten.
Maar ja, het is belangrijk dat ze er goed uitziet
vandaag.
Voor Jesse.
Want Jesse moet wel haar vriendje worden.
Het moet niet bij die ene kus blijven.

Als de eerste bel gaat, zet ze haar fiets in de
fietsenkelder.
En als de tweede bel gaat, rent ze de klas binnen.
Net op tijd.

Little Green Bag

Het groene rokje werkt.
Jesse zegt er wat van.
Jammer genoeg zegt hij niet iets als:
'Wat zie je er sexy uit in dat rokje.'
Maar: 'Je doet me denken aan een liedje.'
'Hè?', zegt Mara.
'Little Green Bag', zegt Jesse.
Maar Mara snapt het nog steeds niet.

'Hier, luister', zegt Jesse.
Hij geeft haar de oordopjes van zijn mp3-speler.
Dan zoekt hij even en ja, daar klinkt een liedje.
'En?', vraagt Mara.
'Dat is Little Green Bag', zegt Jesse.
'Klein groen tasje?' vraagt Mara.
Jesse knikt.
'Jij bent Little Green Skirt', zegt hij.
'Klein groen rokje', knikt Mara.
'Ja', zegt Jesse.
'Ik probeer zo'n soort liedje te maken als Little
Green Bag.
Eenvoudig, maar hartstikke goed.

Little Green Bag was meteen een wereldhit.'

'Als dat liedje af is, noem je het dan Little Green
Skirt?', vraagt Mara.
'Ja hoor, als jij dat wil', belooft Jesse.
'Ik had meer iets als Magic Blue Eyes in
gedachten.'
'Saai', vindt Mara.
Maar dan bedenkt ze dat hij misschien wel haar
blauwe ogen bedoelt.
Haar magic blue eyes.

Maar ze kan het hem niet meer vragen.
Hij is doorgelopen, naar een paar jongens van de
klas.
Marijn staat er ook bij.
Ze praten over muziek.
Natuurlijk over muziek.
De jongens van 3A zijn altijd bezig met muziek.

Propje

Mara krijgt haar zin.
Het duurt nog een paar dagen, maar dan is Jesse
haar vriendje.
Ze moet er wel zelf om vragen, maar ja.
Dat komt natuurlijk omdat hij half Amerikaans
is.
In Amerika zijn meisjes heel bijdehand.
En de jongens afwachtend.
Tenminste, dat denkt Mara.

Het gebeurt gewoon onder de les.
Mara schrijft op een papiertje: wil je mijn
vriendje zijn?
En van dat papiertje maakt ze een propje.
Dat gooit ze op de tafel van Jesse.
Simpel.

Alleen begrijpt Jesse het niet.
Hij laat het propje gewoon liggen.
Hij maakt het niet open.
Hij kijkt wel even om zich heen.
Om te zien wie het propje gegooid heeft.

Mara wijst naar zichzelf en lacht.
Dan doet Mara alsof ze een propje open maakt.
En ze wijst naar het propje op Jesses tafel.
Jesse kijkt haar verbaasd aan.
Wat? gebaart hij.

En dan bemoeit de leraar zich ermee.
'Maak dat propje nou maar open, Jesse', zegt hij.
'Dan kan Mara ook weer verder met de les.'
Mara kijkt verschrikt naar de leraar.
En dan ziet ze dat de hele klas naar haar zit te
kijken.
Haar wangen worden meteen knalrood.

'En', vraagt de leraar aan Jesse.
'Wat staat er op het propje?'
Jesse kijkt naar Mara en ziet haar angstige ogen.
Hij geeft haar gauw een knipoog.
Tegen de leraar zegt hij: 'Dat is privé, meneer.
Maar mijn antwoord is ja.'

Muziekvrienden

'Ik heb een vriendin', zegt Jesse tegen zijn moeder.
'O', zegt zijn moeder. 'Dat doe je snel.
We zijn net vier weken in Nederland.'
Jesse lacht trots.
Ja, dat heeft hij snel gedaan.
Nou ja, hij heeft eigenlijk niks gedaan.
Mara heeft alles gedaan.
Zij is naar hem toe gekropen tussen het afval uit
de container.
En zij heeft gevraagd of hij haar vriend wilde zijn.
Op een propje.

'Ze heet Mara', gaat Jesse verder.
'En ze heeft de mooiste blauwe ogen van de
wereld.'
'Ah', zegt Jesses moeder. 'Mag ik haar ook eens
zien?'
'Ja, waarom niet?', zegt Jesse.
'Wanneer?', vraagt zijn moeder weer.
'Voorlopig niet', antwoordt Jesse.
'Ik heb afgesproken met een paar jongens van de
klas.

We gaan muziek maken met elkaar, na school.
Over een paar weken is het schoolfeest.
En dan willen we optreden.'

'Wow', zegt Jesses moeder.
'Je hebt niet alleen een vriendin.
Je hebt ook al een stel vrienden. Muziekvrienden.
Geweldig!'

'Wat niet zo geweldig is...', aarzelt Jesse.
'Wat?', vraagt zijn moeder.
'Mijn keyboard', zegt Jesse.
'Hoe moet ik dat bij Marijn krijgen?'
'Misschien moet je vragen of iedereen hier komt
oefenen', vindt zijn moeder.
'Dan hoeft je keyboard nergens naartoe.'

Jesse denkt even na.
Dan schudt hij zijn hoofd.
'Marijn heeft een drumstel', zegt hij.
'Dat is nog moeilijker te vervoeren.'

En zo loopt Jesse even later met zijn keyboard
over straat.

Het is best ver naar het huis van Mara en Marijn.
Had hij maar een auto!
In Amerika zou hij er bijna een hebben.
Maar hier heeft hij alleen maar een fiets.
En daarop kan hij zijn keyboard niet meenemen.

Klein groen tasje

'Welke nummers gaan we spelen?', vraagt Jesse.
Hij heeft zijn keyboard neergezet en speelt een
paar tonen.
Natuurlijk het begin van Little Green Bag.
De andere jongens kijken hem verrast aan.
'Dat klinkt gaaf', zegt Marijn.
'Little Green Bag', zegt Jesse.
'Dat ken je toch wel?'

De jongens schudden hun hoofd.
'We kunnen het gaan oefenen', zegt Jesse
aarzelend.
'Als jullie daar iets voor voelen, natuurlijk.'
'We kunnen het proberen', zegt Marijn.
'Toch?' Hij kijkt naar de andere jongens.
Die knikken.
Proberen kan altijd.

'Hoe kom je eigenlijk aan dat nummer?', vraagt
Marijn.
'Is het iets Amerikaans?'
'Nee, Nederlands', zegt Jesse.

'Mijn vader vond het zo'n geweldig nummer.'
'Wel een rare naam voor een liedje', vindt Marijn.
'Klein groen tasje. Dat klinkt toch niet.'
Jesse moet lachen.
'Nee', geeft hij toe.
'En toch is het een heel populair nummer
geworden.
Het was zo populair dat het op allerlei tassen
stond.
Iedereen liep in die tijd rond met grote bruine,
zwarte en blauwe tassen.
Daarop stond dan in enorme letters Big Brown
Bag.
Of Big Black Bag. Of Big Blue Bag.'

De jongens schieten in de lach.
'Geen Little Green Bag?', vraagt Marijn.
Jesse haalt zijn schouders op.
'Ik weet het niet', zegt hij.
'Ik heb dat verhaal van mijn vader.'
Jesse aarzelt even.
Alsof hij nog iets wil vertellen.
Maar dat doet hij toch niet.

Muziek

De jongens zijn een hele tijd bezig.
Ze drummen, spelen gitaar en keyboard.
Het begint al best aardig te klinken.
Dat vinden ze tenminste zelf.
'Het is jammer dat we geen zanger hebben', vindt
Jesse.
'Dan klinkt het nog veel beter.'
'Je kunt het aan Mara vragen', stelt Marijn voor.
'Zij heeft best een mooie stem.
Vroeger heeft ze wel eens met ons bandje
meegezongen.
Maar op een dag kregen we ruzie.
En toen wilde ze niet meer.'

'Denk je dat ze het nu dan wel weer wil?', vraagt
Jesse.
Marijn haalt zijn schouders op.
'Misschien wel', zegt hij.
'Als jij het vraagt, hebben we een kans.'
'Wat denken jullie?', vraagt Jesse aan de andere
jongens.
De jongens vinden het best.

'Mara is een mooie meid', zegt er één.

'En een mooie meid maakt een bandje altijd populairder.'

'Ik zal het haar vragen', belooft Jesse.

Dan kijkt hij op zijn horloge.

'Ik moet naar huis', zegt hij.

'Gaan we morgen weer oefenen?'

'Natuurlijk', roepen de jongens.

'Nu moeten we ook doorzetten.

Iedere dag oefenen, anders wordt het niks.

Iedere middag spelen we met elkaar.

En iedere avond oefenen we voor onszelf.

Deze week doen we Little Green Bag.

Volgende week een ander nummer erbij.

En intussen herhalen we de nummers die we al kennen. Oké?'

Jesse knikt.

'Little Green Bag hoef ik niet te oefenen', zegt hij.

'Dat kan ik zo spelen.

Maar ik ben bezig met een eigen nummer.

Daar ga ik deze week aan verder. Oké?'

En dan knikken de anderen.

Nooit echt samen

'Kunnen we niet iets afspreken?', vraagt Mara.
Ze loopt met Jesse door de gang naar de volgende
les.
'We zien elkaar alleen maar op school.'
Ze trekt een zielig gezicht.
Jesse moet erom lachen.
Hij slaat even zijn arm om haar heen.
'We zien elkaar iedere dag, ieder uur', zegt hij.
'Dat is toch hartstikke vaak?'

Mara haalt haar schouders op.
'Dat is gewoon in de klas', vindt ze.
'We praten bijna nooit eens echt samen.
In de pauze ben je altijd bezig met de jongens
van de klas.
Je hebt nooit tijd voor mij.'
Weer trekt ze een zielig gezicht.

Jesse denkt even na.
Eigenlijk heeft Mara wel gelijk.
Hij is altijd maar bezig met het bandje.
'Het kan even niet anders', zegt hij dan.

'We moeten nu eenmaal iedere dag oefenen.
Anders wordt het niks op het schoolfeest.'
'Je kunt toch wel een avond met mij ergens
naartoe', zegt Mara.
'Dan blijven er nog avonden genoeg over voor het
bandje.'

'Ja', zegt Jesse nadenkend.
'Maar misschien heb ik nog een beter idee.'
Mara kijkt hem verbaasd aan.
'Twee avonden samen iets doen?', vraagt ze.
'Nee', antwoordt Jesse.
'Elke avond samen iets doen.'
Mara trekt een rimpel in haar voorhoofd.
'Wat dan?', vraagt ze.
'Je zou mee kunnen doen met het bandje', zegt
hij.
'We hebben eigenlijk een zangeres nodig.'
Hij kijkt Mara blij aan.
Alsof hij dat net zelf bedacht heeft.

Mara staart even in de verte. Dan zucht ze.
'Dat heb ik al eens gedaan', zegt ze.
'En dat was geen succes.'

Ruzie

Ze lopen nog steeds door de gangen van de
school. Naar het natuurkundelokaal.
Dat is een heel eind weg.
Helemaal aan het andere eind van de school.

'Wat is er dan gebeurd?', wil Jesse weten.
'Waarom zing je niet meer?'
'We kregen ruzie', zegt Mara.
'Marijn en ik. Vreselijke ruzie.'
'Waarom dan?', vraagt Jesse.
Maar Mara schudt haar hoofd.
Ze wil er niet over praten.
Ze wil er ook helemaal niet meer aan denken.

'Jullie gaan een proefje doen', zegt de
natuurkundeleraar.
'Met z'n tweeën.'
Hij deelt bij de deur vellen papier uit.
Met het proefje erop.
Het is iets met elektriciteit en ijzervijlsel.
'Pak de spullen maar die je nodig hebt', zegt de
leraar.

'En begin meteen.
Er is maar net genoeg tijd om alles af te krijgen.'

Mara kijkt op het vel papier.
Bovenaan staat wat ze allemaal uit de kast moet pakken.
'Zullen wij samen het proefje doen?', vraagt Jesse.
Hij kijkt haar lief aan.
'Welja', antwoordt Mara.
'Het is niet hetzelfde als samen naar de film.
Maar het is tenminste iets.'
Een beetje nijdig loopt ze naar de kast.
Ze pakt er de spullen uit die ze nodig heeft.
Dan loopt ze naar één van de tafels toe.
Jesse loopt achter haar aan.

'Je bent toch niet boos?', vraagt Jesse zachtjes.
Mara zet de spullen op de tafel en haalt haar schouders op.
'Ik wil echt graag met je gaan stappen', zegt Jesse.
'Na het schoolfeest gaan we een hele week samen uit. Ik beloof het.'

Een lastige belofte

'Kun je niet eens voor mij zingen?', vraagt Jesse.
Ze zijn samen bezig met het proefje.
Mara sluit de elektriciteit aan.
Ze zegt niets terug.
'Ik ben zo benieuwd naar je stem', zegt Jesse weer.
Maar Mara antwoordt nog steeds niet.

En dan zegt Jesse:
'Ik heb een liedje over je geschreven.
Het gaat over je toverogen.
En over je kleine groene rokje.
Ik wil het je graag laten horen.'
Het is helemaal niet waar.
Maar hij wil dat Mara hem weer blij aankijkt.
Met blauwe toverogen.

En dat gebeurt ook.
Mara kijkt verrast.
'Echt?', vraagt ze.
Jesse knikt.
Nou ja, het is wel een beetje waar, denkt hij bij
zichzelf.

Hij heeft een half liedje gemaakt.
Maar dat liedje gaat niet over Mara's ogen.
Het gaat nergens over.
Want het heeft nog geen woorden.

'Wanneer kan ik het horen?', vraagt Mara.
'Vanmiddag?'
'Morgen', belooft Jesse.
'Wil je dan ook iets voor me zingen?'
'Natuurlijk', zegt Mara.
'Ik wil mijn eigen liedje wel zingen.
Gááf.'
Ze wil Jesse wel zoenen.
Maar ja, dat kan natuurlijk niet onder de les.

'Goed', zegt Jesse.
'Dan gaan we nu verder met dat proefje.'
Hoe moet ik dat voor elkaar krijgen?, denkt hij
bij zichzelf.
Het lukt me nooit om in een dag een liedje te
maken.

Twee halve liedjes

Jesse probeert het wel.
Hij zit achter zijn keyboard en speelt zijn halve
liedje.
Maar verder komt hij niet.
Zuchtend begint hij Little Green Bag te spelen.
Ja, dat is nog eens een liedje.
Waarom lukt hem dat nou niet?

'Dat vind ik nou echt zo'n twintig-procentliedje',
zegt zijn moeder, die net binnenkomt.
Jesse kijkt haar vreemd aan.
Wat is dat nou weer, een twintig-procentliedje?
'De eerste twintig procent van het liedje vind ik
echt geweldig', gaat zijn moeder verder.
'Maar dan verandert het.
Dan wordt het een liedje van niks.'
Jesse schiet in de lach.

'Eigenlijk zou iemand een ander eind aan
dat liedje moeten maken', zegt zijn moeder.
'Dan wordt het misschien nog eens een
honderd-procentliedje.'

'Tja', zegt Jesse. 'Ik vind het begin ook veel beter
dan de rest.
Maar toch is het een heel grote hit geweest.'
'Alleen om het begin', zegt zijn moeder.
'Dat weet ik zeker.'
Maar Jesse denkt niet dat zijn moeder gelijk
heeft.

'Hoe vind je dit?', vraagt hij aan zijn moeder.
Hij speelt zijn eigen halve liedje voor haar.
'Ja', zegt zijn moeder aarzelend. 'Wel leuk.'
'Maar...?', vraagt Jesse.
'Het mist iets', zegt zijn moeder.
Dan begint ze te lachen.
'Doe nou het begin van Little Green Bag.
En dan jouw halve liedje.
Dan is het compleet, volgens mij.'

Jesse fronst zijn wenkbrauwen.
Dat kan hij toch niet zomaar doen?
Dat is toch eigenlijk net zoiets als stelen?
Maar ja, wat maakt het eigenlijk uit?
Hij speelt het gewoon voor zichzelf.
En dat mag altijd.

Een nieuw liedje

Jesse is de hele avond met zijn liedje bezig.
En de halve nacht ook nog.
Hij gebruikt het begin van Little Green Bag.
Dan komt een stuk van zijn eigen liedje.
Dan een nieuw stukje.
En hij bedenkt er ook nog woorden bij.

Natuurlijk gaat het liedje over Mara.
Mara met haar blauwe toverogen.
Mara met haar kleine groene rokje.
Little Green Skirt noemt hij het liedje.
Omdat Mara Magic Blue Eyes zo saai vond.
Hij is heel tevreden over het resultaat.
Maar dan is het ook al halfvier in de ochtend.

Ik kan beter opblijven, denkt Jesse nog.
Anders ben ik straks zo moe.
Maar hij valt toch in slaap.
Met zijn hoofd op zijn keyboard.

Natuurlijk is Jesse doodmoe als hij wakker wordt.
Hij heeft maar kort geslapen.

In een heel rare houding.
Zijn nek en schouders doen pijn.
Zijn hoofd lijkt wel vol watten te zitten.

Zijn eerste gedachte is: Ik ga niet naar school.
Ik kruip lekker in mijn bed.
Maar dan denkt hij aan zijn nieuwe liedje.
En aan Mara.
Hij wil haar Little Green Skirt laten horen.
Hij wil haar vragen om de woorden te zingen.
Nee, hij zal echt naar school moeten.
Hij kan niet thuisblijven.
Zuchtend loopt hij naar de badkamer.

Als Jesse onder de douche vandaan komt, voelt
hij zich beter.
Fluitend maakt hij zijn ontbijt klaar.
Fluitend fietst hij even later naar school.
Geen moment denkt hij aan Amerika.
Geen moment denkt hij eraan, dat hij fietsen
eigenlijk stom vindt.

Fantastisch

Mara wil natuurlijk van alles weten.
Ze vraagt of Jesse het liedje niet kan fluiten.
Ze vraagt of Jesse haar de woorden niet kan laten lezen.
Ze vraagt of hij het liedje niet even op de schoolpiano kan spelen.
Maar Jesse schudt alleen zijn hoofd.
'Gewoon even afwachten', zegt hij lachend.
'Gewoon nog even geduldig zijn.'

'Vertel me dan waar het liedje over gaat', zegt Mara. Ze kijkt hem smekend aan.
'Over jou', antwoordt Jesse.
'Meer zeg ik niet.'

Mara kan bijna niet wachten tot het laatste uur voorbij is.
Tien minuten voordat de bel gaat, heeft ze haar tas al ingepakt.
En als eindelijk die laatste bel klinkt, sprint ze naar buiten.
Gauw gauw naar de fietsenkelder.

Gauw gauw naar de zijkant van de school.
Want daar zal Jesse op haar wachten.
Hij zet zijn fiets nooit in de fietsenkelder.
Zijn fiets staat altijd tegen een lantaarnpaal,
naast de school.
Jesse komt net aanlopen.
Hij zwaait vrolijk naar Mara.
'Schiet nou op', roept Mara.
'Ik wil naar mijn liedje toe.'

En dan eindelijk, eindelijk zijn ze bij Jesse thuis.
En speelt Jesse Little Green Skirt voor haar.
Op zijn keyboard.
Mara leest de woorden met de muziek mee.
Ze moet er een beetje om lachen.
Het hele liedje gaat over haar kleine groene rokje.
Hoe klein het is. Hoe groen het is.
Hoe kort het is.
Er staat maar een zinnetje in over haar ogen.

'Hoe vind je het?', vraagt Jesse, als hij klaar is.
'Fantastisch!', zegt Mara.
'Denk je dat je het kunt zingen?', vraagt Jesse.
Mara knikt.

Het schoolfeest

Het gaat goed met het bandje.
Ze oefenen en oefenen en oefenen.
Er is nergens anders tijd voor.
Niet voor uitgaan en niet voor televisiekijken.
En zelfs niet voor huiswerk maken.
Gelukkig is het geen repetitieweek.
Want dan zouden ze allemaal een slecht rapport
krijgen.

Mara is weer mee gaan zingen.
Net als anderhalf jaar geleden.
Een heleboel liedjes kent ze nog wel.
Alleen de twee nummers van Jesse zijn nieuw
voor haar.
Little Green Bag en Little Green Skirt.
Vooral Little Green Skirt zingt ze geweldig.
Natuurlijk omdat het over haarzelf gaat.

En dan is het de dag van het schoolfeest.
Vrijdag.
Dat is meestal een kort dagje voor 3A.
Maar vandaag niet.

De hele klas blijft om mee te helpen.
De muziekinstrumenten worden op het toneel
gezet.
Het geluid wordt geregeld.
De discobal wordt opgehangen.
En ook speciale lichten.
Gekleurde lampen, die aan- en uitgaan.
Precies op de maat van de muziek.
Het ziet er vet gaaf uit.

Pas om zeven uur 's avonds zijn ze klaar.
'Ik ga niet meer naar huis', zegt Jesse.
'Ik bel mijn moeder wel even om te zeggen dat ik
niet thuis eet.'
De anderen knikken.
Heen en weer naar huis rijden, dat kost te veel
tijd.
Want om acht uur begint het schoolfeest.
En dan moet de band natuurlijk klaarstaan.

'Ik bel wel voor een pizza', zegt Marijn. 'Goed?'
Iedereen vindt het best.
Ze hebben toch niet zoveel honger.
Ze zijn eigenlijk veel te zenuwachtig om te eten.

Proost

Er is niemand in de school.
Alleen het bandje van 3A zit pizza te eten.
Op het toneel, tussen de muziekinstrumenten.
Ze hebben een cd met muziek van Do opgezet.
En ze hebben de gekleurde lampen aangedaan.
Het ene moment is alles oranje.
En het volgende moment is alles groen.
En dan is alles weer rood.

Marijn heeft niet alleen pizza's besteld.
Ook een paar flesjes bier.
'We moeten het toch een beetje vieren', zegt hij.
'Ons eerste optreden op een schoolfeest.'
Hij proost met zijn bierflesje tegen dat van Jesse.
'Ja', knikt Jesse. 'Wat zeg je dan in het Nederlands?'
'Proost', grinnikt Marijn.

Jesse moet ook lachen.
'Dat weet ik wel', zegt hij.
'Maar in Amerika zeg je dan zoiets als breek een
been.'
Ze kijken Jesse allemaal vreemd aan.

Dan moet Marijn lachen.
'Breek een been?', vraagt hij.
'Ja', zegt Jesse.
'Dat betekent: veel succes.'
'Nou, ik breek liever geen been', grijnst Marijn.
'Maar op succes wil ik wel proosten.'
Weer tikt hij met zijn bierflesje tegen dat van
Jesse.

'In Amerika zou dit helemaal niet kunnen', zegt
Jesse.
De anderen kijken hem verbaasd aan.
'Wat niet?', vraagt Mara.
'Nou, zo met elkaar zitten te drinken', zegt Jesse.
Hij wijst naar de flesjes bier.
'In Amerika mag je pas alcohol kopen vanaf je 21ste.'
Iedereen moet lachen.
Wat een kinderachtig land is dat grote Amerika!

Maar Mara staart in de verte.
We hadden in Amerika moeten wonen, denkt ze.
Dan was Marijn nooit zo veel gaan drinken.
En dan hadden we niet die vreselijke ruzie
gekregen.

Een beetje opvallend

'We moeten ons omkleden', zegt Mara om kwart
voor acht.
Gauw pakken ze de lege pizzadozen bij elkaar.
En de bierflesjes.
Dan verdwijnen ze in de kleedkamers, achter het
toneel.

Mara trekt haar korte groene rokje aan.
Ze heeft er zwarte netkousen bij gekocht.
En een bloot zwart truitje met driekwart
mouwen.
Ze had nog zwarte en groene plastic armbanden.
Goedkope dingen, maar ze staan wel leuk.
De groene armbanden doet ze aan haar
linkerarm. De zwarte aan haar rechterarm.

Met een spuitbus spuit ze groene plukjes in haar
donkere haar.
En dan gaan de enorme oorbellen in haar oren.
Een groene aan de linkerkant.
En een zwarte aan de rechterkant.
Mara kijkt in de spiegel.

Mmm, denkt ze.
Een beetje opvallend is het wel.
Maar ja, dat kan wel, als je op het toneel staat.

Groene ogenschaduw, dikke zwarte mascara.
Bij de lippenstift aarzelt ze even.
Vuurrood, glimmend roze of ... groen?
Nee, toch maar roze.
Met groene lippenstift lijkt ze veel te gothic.
Dan de groene laarsjes nog aan haar voeten.
En het kleine groene tasje om haar schouder.
Klaar.

Ze loopt naar de kleedkamer van de jongens en
klopt op de deur.
'Zijn jullie bijna klaar?', roept ze.
Maar ze hoort niets.
Voorzichtig duwt ze de deur open.
Hè? De kleedkamer is donker.
Waar is het bandje?
Maar dan hoort ze het.
Ze staan al te spelen, op het toneel.
De eerste tonen van Little Green Bag.
Gauw rent ze het toneel op.

Geweldig gevoel

Mara wil kwaad roepen: Wat doen jullie nou?
Waarom beginnen jullie zonder mij?
Maar dan ziet ze dat de gordijnen nog dicht zijn.
Pas als Mara bij de microfoon staat, gaan de
gordijnen langzaam open.
Ze begint Little Green Bag te zingen.

Het is nog niet druk in de zaal.
Hier en daar staan groepjes leerlingen met
elkaar te praten.
Verbaasd houden ze op, als Mara gaat zingen.
Ze komen naar voren, naar het toneel.
'Wat klinkt dat gaaf', zeggen ze tegen elkaar.

En zo blijft het de hele avond.
Steeds meer leerlingen komen bij het toneel staan.
Ze klappen en juichen en fluiten na elk liedje.
De leerlingen vinden het bandje van 3A geweldig.
Vooral het nieuwe liedje van Jesse.

De jongens van het bandje doen erg hun best.
Ze zien dat het publiek hun muziek goed vindt.

Daardoor gaan ze nog meer hun best doen.
Ze spelen en spelen maar door.
Het ene nummer na het andere.
Zonder te stoppen.
Aan het eind van de avond hebben ze allemaal
blaren op hun vingers.
En Mara heeft pijn in haar keel.

Maar dat maakt niet uit.
Ze staan naast elkaar op het toneel.
En ze buigen voor het publiek.
Het publiek, dat juicht en stampt en klapt.
Het publiek, dat fluit en schreeuwt.
Het publiek, dat roept: 'We want more! We want
more!'
Ze kijken elkaar lachend aan.
Wow, wat een geweldig gevoel is dit.
Het lijkt wel alsof ze zweven.

Maar dan gaan de lichten langzaam uit.
Het schoolfeest is afgelopen.
De leerlingen gaan naar huis.
Het bandje is weer alleen.
Net als een paar uur geleden.

Zomerwerk

Het is nog een heel werk om alles op te ruimen.
De jongens van het bandje pakken hun
muziekinstrumenten in.
Mara helpt met het weghalen van alle snoeren.
In de zaal zijn een paar leraren bezig de rommel
bij elkaar te vegen.
Lege chipszakjes, flesjes, bekertjes.
Met een bezem wordt alles in een hoek geveegd.
En dan in een container gedaan.
Na een uurtje ziet de aula er weer uit als een aula.
En niet als een feestzaal-na-het-feest.

'Zullen we samen nog iets drinken?', vraagt de
leraar Engels.
Hij heeft een paar stoelen om een tafeltje heen
gezet.
De andere leraren komen bij hem zitten.
'Jullie ook?', vraagt hij aan het bandje.
'Hij wijst op een kratje bier.
'Graag', zegt Marijn. 'Lekker.'
'Hoe heet jullie bandje eigenlijk?', vraagt de
leraar Engels.

'Of heeft het geen naam?'

'De Band Zonder Naam', grijnst Jesse.

'Die is er al', grinnikt Mara.

'En daar willen we niets mee te maken hebben', vindt Marijn.

'We moeten wel een naam bedenken', zegt Bob.

Hij is één van de jongens die gitaar speelt.

De andere is zijn broer: Paul.

De leraar Engels pakt voor iedereen een biertje.

'Proost', zegt hij, terwijl hij zijn flesje omhooghoudt.

'Op jullie succes, jongens.'

Ze nemen allemaal een slok.

'Mijn broer heeft een camping op Terschelling', zegt de leraar Engels dan.

'In de zomer treden daar altijd bandjes op.

Bandjes die nog niet zo bekend zijn.

Ze mogen dan gratis op de camping staan.

Ze mogen hun eten en drinken uit het restaurant halen.

Maar dan moeten ze wel drie of vier avonden in de week optreden.' Hij kijkt het bandje van 3A aan. 'Zou dat iets voor jullie zijn?'

Wow

Jesse ligt in bed.
Zijn hoofd tolt.
Van het bier en van het succes.
Het is bijna niet te geloven, denkt hij.
Drie maanden geleden moesten we weg uit
Amerika.
Weg uit het land van de duizend mogelijkheden.
Naar dat stomme, kleine, koude Nederland.

En nu...
Nu lijkt Nederland wel het land van de duizend
mogelijkheden.
Ik heb een leuke vriendin.
Ik heb een liedje geschreven dat iedereen
geweldig vindt.
Ik speel in een bandje.
En dat bandje gaat van de zomer optreden.
Ik drink bier met mijn vrienden en leraren van
school. Wow.

Mara ligt ook in bed.
Zij kan ook niet slapen, net als Jesse.

Haar hoofd tolt ook.

Niet van het bier, want daar heeft ze niet veel van gedronken.

Ze had liever helemaal niets gedronken.

Maar ja, het was zo flauw om niet mee te doen.

Ze moesten het toch vieren, dat grote succes!

Nee, Mara's hoofd tolt, omdat ze zo blij is.

Jesse heeft haar eindelijk echt gezoend.

Na het feest, achter de toneelgordijnen.

Ze had zich al zo vaak afgevraagd of het ooit zou gebeuren.

Maar vanavond was het er dan toch van gekomen.

Ze was bezig om een kabel op te rollen.

Toen was hij achter haar gaan staan.

En had hij zijn armen om haar heen geslagen.

Even had hij ook haar borsten aangeraakt.

Tenminste, dat denkt Mara.

Misschien heeft ze het zich alleen maar verbeeld.

Dat kan ook.

Want het duurde maar heel kort.

En toen, toen had hij haar naar zich toe getrokken.

En haar gezoend.
Echt gezoend.
Lang gezoend.
Dat heeft ze zich niet verbeeld.
Dat weet Mara heel zeker.

Gezeur

De week na het schoolfeest is een rare week.
De leraar Engels zorgt ervoor dat het bandje van
3A mag optreden.
Op Terschelling, op de camping van zijn broer.

Maar dan begint het gezeur van de ouders.
De ouders van Paul en Bob twijfelen.
De ouders van Mara en Marijn twijfelen.
En de moeder van Jesse twijfelt ook.
Ze vinden hun kinderen eigenlijk nog te jong.
Ze zijn bang dat het op school niet goed zal gaan.
Omdat het oefenen te veel tijd kost.

Een week op Terschelling zouden ze misschien
nog goed vinden.
Maar de hele vakantie is veel te lang.
Gezeur, gezeur, gezeur.
Mara wordt er gek van. En de jongens ook.

Somber zitten ze bij elkaar op het bankje.
Het bankje op het schoolplein.
Het leek allemaal zo prachtig.

En nu komt er van al die mooie plannen
misschien niets terecht.

'We moeten iets beloven', zegt Jesse.
'Zoals wat?', vraagt Mara.
'Dat we geen drugs zullen gebruiken of zo.
Want daar zijn ze natuurlijk bang voor', denkt Jesse.
Marijn haalt zijn schouders op.
'Volgens mij is dat het niet', zegt hij.
'Volgens mij heeft het meer te maken met school.
Ze zijn bang dat we blijven zitten.
En dat we dan van school af gaan.
Ik denk dat dat het is.'
Maar daar zijn Paul en Bob het weer niet mee eens.
'Ik denk dat ze bang zijn dat we alleen maar
patat eten', zegt Bob.
'Ja', knikt Paul. 'En geen groenten en fruit.'

Mara schiet in de lach.
'We maken een contract', zegt ze dan.
'Daarin schrijven we op wat we allemaal wel en
niet zullen doen.
Daar zetten we dan alle vijf onze handtekening
onder.

Misschien zijn onze ouders dan een beetje
gerustgesteld.'
'Ja', zegt Bob enthousiast.
'En we stellen een bezoekdag vast.
Op een bepaalde dag mogen alle ouders naar de
camping komen.
Maar daarna moeten ze weer weg.
Dat zetten we ook in het contract.'
Ze moeten allemaal lachen.

Opgelost

Ze kunnen het bijna niet geloven.
Maar het contract werkt echt.
De ouders komen bij elkaar bij Jesse thuis.
En dan komen de problemen op tafel.
Het is precies zoals ze al dachten.

De ouders van Bob en Paul zijn bang dat hun
zoons niet goed zullen eten.
'We kunnen op de camping eten, in het
restaurant', zegt Mara.
'Wij krijgen die maaltijden gratis, omdat we bij
de camping horen.'
Ze laat de menukaart van het campingrestaurant
zien.
Die heeft ze geprint van de website van de camping.
En dan zijn de ouders van Paul en Bob
gerustgesteld.

Maar ze willen wel dat de jongens af en toe bellen.
Om te vertellen hoe het met ze gaat.
De ouders van Mara en Marijn zijn bezorgd om
school.

'Jullie oefenen iedere avond', zegt hun moeder.
'Voor huiswerk is bijna geen tijd over.
Ik ben bang dat het hele bandje blijft zitten.'
'Nee hoor', zegt Jesse.
'Over twee weken is de repetitieweek.
Daarvoor moeten we allemaal heel hard werken.
En dat gaan we ook doen.
We oefenen pas weer na de repetitieweek.'

De ouders van Mara en Marijn knikken.
'Dat klinkt wel mooi', zegt hun vader.
'Maar toch vind ik dat niet genoeg.
Als Mara of Marijn blijft zitten, gaan ze alle twee
niet mee naar Terschelling.
Dat moeten jullie goed begrijpen.'
Hij kijkt streng naar zijn zoon en dochter.
Die schrikken even.
Maar dan zijn ze het wel met hun vader eens.

De moeder van Jesse heeft eigenlijk maar een
bezwaar.
'Ik wil dat jullie allemaal beloven dat jullie geen
drugs gebruiken', zegt ze.
'Ik weet het nog precies uit mijn eigen jeugd.

Het begint met een stickie, maar het eindigt
altijd met meer.
En voordat je het weet, kun je niet meer zonder.'
Ze aarzelt even.
Alsof ze nog meer wil zeggen.
Maar dat doet ze niet.

Contract

Wij beloven dat wij:
- Allemaal overgaan naar de vierde (als er een van ons blijft zitten, gaat het hele bandje niet naar Terschelling).
- Geen drugs zullen gebruiken (ook geen softdrugs als hasj of marihuana).
- Gezond zullen eten.
- Iedere maandag- en donderdagavond om tien uur naar huis zullen bellen (vaker kan, maar hoeft niet).

De ouders beloven dat zij:
- Niet meer dan twee keer naar Terschelling komen, en wel op 21 juli en 11 augustus. Zij mogen niet langer dan een weekend blijven.
- Niet meer dan twee keer in de week opbellen (behalve als er een noodsituatie is).

Onder het contract komen een heleboel handtekeningen te staan.
Van Jesse, Mara, Marijn, Paul en Bob en van hun ouders.
Ze zijn er allemaal heel tevreden over.

Blauwe Maandag

En dan moet het bandje een naam krijgen.
Daar heeft de leraar Engels nog eens naar
gevraagd.
'Jullie kunnen niet optreden zonder naam', zei
hij.
'Mijn broer moet op een bord zetten wie er
optreden.
Al noemen jullie jezelf Bandje van 3A.
Als er maar een naam komt.'

Maar Bandje van 3A, dat vinden ze niks.
'Ons beste nummer is Little Green Skirt',
zegt Bob.
'Misschien moeten we ons bandje ook zo
noemen.'
Maar dat vindt Jesse niet leuk.
Little Green Skirt is een nummer. Geen bandje.

'Iets met een kleur is wel grappig', vindt Mara.
De jongens kijken haar vreemd aan.
Iets met een kleur?
'Blauwe maandag, zeker', zegt Marijn.

Ze beginnen allemaal te lachen.

Maar ja, Blauwe Maandag, het klinkt wel lekker.

'Ik hoop alleen niet dat het echt een blauwe maandag duurt', zegt Mara.

'Wat is een blauwe maandag?', vraagt Jesse.

De anderen moeten lachen.

'Het is een uitdrukking', zegt Paul.

'Het betekent dat iets maar heel kort duurt.'

Leren, leren, leren

Mara heeft helemaal nergens meer tijd voor.
Ze oefent niet meer met het bandje.
Ze gaat niet meer naar fitness.
Ze komt bijna niet van haar kamer af.
Alleen om naar school te gaan, komt ze buiten.

Ze leert en leert en leert en leert.
Engels, Nederlands, biologie.
Af en toe heeft ze het gevoel dat haar hoofd veel
te vol zit.
Er kan niks meer bij. Wat ze ook probeert.
Ze kan er net zo goed mee ophouden.

Maar dan denkt ze weer aan Terschelling.
Dat ze er niet naartoe mag, als ze blijft zitten.
En dat de anderen dan ook niet mogen!
En dan gaat ze weer dapper verder.
Natuurkunde, wiskunde, Duits. Pff.

Aan het eind van de dag kan ze haar boeken wel
in een hoek gooien.
En soms doet ze dat ook.

Maar heel af en toe denkt ze aan Jesse.
Vooral 's avonds in bed.
Ze zijn nog nooit samen uit geweest.
Raar eigenlijk.
Nooit samen uit geweest en dan wel samen met
vakantie.
Nou ja, niet echt samen natuurlijk.
Er zijn ook drie anderen bij.
Maar toch...

Wie weet wat er allemaal gaat gebeuren op
Terschelling.
Samen langs het strand lopen, als de zon
ondergaat.
Samen naar de zee kijken, terwijl ze op een duin
zitten.
En wie weet... samen in haar tentje slapen.
Misschien wil Jesse wel met haar vrijen.
En misschien wil zij dat ook wel.
Ik moet maar condooms meenemen, denkt ze
nog.
Dan valt ze in slaap.

Naar Terschelling

Het lukt: ze gaan alle vijf over.
Niet met geweldige rapporten, maar de ouders
zijn tevreden.
Het was nog wel even spannend voor Jesse.
Hij stond vet onvoldoende voor Nederlands.
Maar toen bedacht Jesse wat zijn moeder had
gezegd.
Dat je over een onvoldoende altijd kunt praten
met de leraar.
En dat had hij dus gedaan.
En... het had geholpen.
De leraar begreep wel dat Jesse moeite had met
Nederlands.
Vooral met spelling en spreekwoorden.
Omdat hij dat in Amerika natuurlijk niet had
gehad op school.
Hij had toen van een 3 een 4 gemaakt.
En nu kunnen ze naar Terschelling!

Marijn en Mara worden met de auto gebracht
door hun ouders.
Samen met alle muziekinstrumenten.

Jesse, Paul en Bob gaan met de trein.

'We zien elkaar in Harlingen!', roept Mara
vrolijk.
Ze is met de drie jongens meegelopen naar het
station.
De jongens steken hun hoofd uit het
treinraampje.
'Blauwe Maandag!', roepen ze terug.
De mensen op het perron kijken een beetje raar.
Wat is dat nou voor groet, denken ze.

Jesse blaast een kus naar Mara.
Met zijn hand maakt hij het gebaar voor I love
you.
Duim, wijsvinger en pink omhoog.
De twee andere vingers naar beneden.
Mara maakt het gebaar terug.
Dan maakt de trein een bocht.
De drie jongens zijn niet meer te zien.
Rustig loopt Mara terug naar huis.

Ze is helemaal klaar voor de reis.
Haar tassen zijn ingepakt.

Drie grote tassen, helemaal vol.
Kleding voor warme dagen, kleding voor koude dagen.
Kleding om op te treden, kleding voor het strand.
Bijna alle kleding die ze heeft, zit in de tassen.
En dan haar tentje nog.
En haar slaapzak.

'Het lijkt wel of je gaat verhuizen', zei haar vader vanmorgen.
'Ik mag wat meer meenemen, omdat ik geen muziekinstrument heb', antwoordde ze.
Haar vader moest lachen.
'Jij hebt je muziekinstrument altijd bij je', zei hij.

Ruzie

In de haven van Harlingen is het druk.
Veel mensen staan te wachten tot ze op de boot
kunnen.
De boot naar Terschelling.
Mara en Marijn zoeken naar de drie jongens.
Maar ze kunnen hen nergens vinden.
'Misschien heeft de trein vertraging', zegt Mara
ongerust.
'Welnee', zegt Marijn.
'Ze zijn hier natuurlijk allang.
Ze zitten lekker aan het bier in een café.'
'Ja, dat is weer echt iets voor jou', zegt Mara
kwaad.
Marijn kijkt haar verbaasd aan.
'Wat bedoel je?', zegt hij.

'Jij denkt altijd meteen aan bier', briest Mara.
'Je bent nog niks veranderd.
Dat bleek ook weer na het schoolfeest.
Jij dronk het meest van iedereen. Eikel.'
Marijns eerste reactie is kwaad worden.
Maar dan bedenkt hij zich.

Hij haalt zijn schouders op.
'Stomme trut', zegt hij alleen.

'Mara, Marijn!', horen ze dan.
Hun ouders staan in de verte te zwaaien.
Zij zijn bij de auto gebleven.
'Hier zijn ze', roept hun moeder.
En dan zien ze de drie jongens ook.
Ze zwaaien alle drie.
'Blauwe Maandag is compleet', roept Bob.
Mara is haar boze bui meteen vergeten.
'Hoi', roept ze.
En ze rent naar de auto toe.

Marijn komt achter haar aan sjokken.
Hij is Mara's boze bui nog niet vergeten.
Waarom zegt ze nou zoiets, denkt hij.

Humeur

Marijns goede humeur is helemaal omgeslagen.
Het ging net zo goed, denkt hij somber.
En dan moet ze weer iets zeggen over vorig jaar.

Oké, het liep toen wel eens uit de hand.
Dat weet Marijn best.
Hij dronk vaak te veel bier.
Af en toe was hij stomdronken.

In het begin had Mara nog wel haar best gedaan.
Ze had met hem gepraat.
Dat het niet gezond was om zoveel te drinken.
Dat hij niet meer dan een paar biertjes moest
nemen.
En dan ophouden.

Maar dat was hem nooit goed gelukt.
Als hij eenmaal een biertje ophad, dan wilde hij
meer.
En nog meer.
En nog meer.
Het was zo gezellig.

En het voelde zo relaxed.

Toen had Mara gedreigd.
Dat ze uit het bandje zou stappen.
Dat ze dat heel jammer zou vinden.
Maar dat ze geen zin had in dat gezuip van hem.
Dat ze er genoeg van had om hem steeds naar
huis te brengen als hij niet meer kon fietsen.
En te liegen tegen hun ouders.

Op een avond was Mara vreselijk kwaad geworden.
Het was na een optreden van hun bandje in een
jongerencentrum.
Marijn dronk natuurlijk weer veel te veel.
En ging allemaal rare dingen zeggen.
Dat Mara zijn echte zus niet kon zijn, en zo.
Omdat ze helemaal niet op elkaar lijken.

'Ik wil niks meer met je te maken hebben',
had Mara toen geroepen.
En ook niet met je stomme bandje.'
Ze was woedend weggelopen.
En had maandenlang gedaan alsof Marijn niet
bestond.

Marijn schopt tegen een steentje.
Waarom moet ze me daar nu weer aan
herinneren, denkt hij.
Net nu het weer goed gaat.

De camping

De eigenaar van de camping staat al op hen te wachten.
Ze herkennen hem direct.
Hij lijkt sprekend op zijn broer, de leraar Engels.
'Daar is mijn bandje', lacht hij.

'Jongens, ik ben blij dat jullie er zijn.
Ik ben de baas van de camping. Ik heet Gijs.'
Hij steekt zijn hand uit naar Marijn.
'Ik ben Marijn', zegt Marijn.
'Ben jij de leider van de band?', vraagt Gijs.
Marijn kijkt even naar de anderen.
Hij weet niet goed wat hij moet zeggen.
'Nou eh...', begint hij aarzelend.

'Ja', zegt Paul dan. 'Hij is de leider.'
Iedereen kijkt verbaasd naar Paul.
'Iemand moet toch de leider zijn', verklaart Paul.
'Dan kan het net zo goed Marijn zijn, toch?'
Tja, daar zit wat in.
'Kom mee', zegt de campingbaas dan.
'Ik laat jullie zien waar je op moet treden.'

Hij loopt voor hen uit, naar een grote schuur toe.
'Wat gaaf, dat rieten dak', vindt Mara.
'Ja, leuk', knikt Jesse.
'Dat is vast echt Hollands.
Dat heb ik in Amerika nooit gezien.'

'Kom binnen', zegt Gijs.
Hij doet twee grote houten deuren open.
Binnen is het nogal donker.
Er zitten maar een paar kleine raampjes in de
grote schuur.
Hun ogen moeten er even aan wennen.
Maar dan zien ze een geweldige ruimte, met een
podium in het midden.
Om het podium heen staan overal picknicktafels.

'Cool', roept Marijn enthousiast.
'Wat apart met al dat stro op de grond.'
Gijs knikt.
'Ik wilde het toch nog een beetje op een schuur
laten lijken', zegt hij.
'Kijk', hij wijst naar boven.
Daar is in het midden geen plafond.
Je ziet gewoon de houten balken van het dak.

Aan de zijkanten is een soort open zolder.
Er liggen vierkante blokken hooi op.
Hier en daar scharrelt een kip tussen het hooi.
'Wow', zucht Mara.
'Dit is de gaafste plek van de hele wereld.'

Alleen

Aan de zijkant van de schuur is een klein hokje.
Daar kunnen ze hun muziekinstrumenten
neerzetten.
De ouders van Mara en Marijn helpen met
uitladen.
Tenten uit de auto, alle tassen en rugzakken.
En dan is de auto leeg.

'Zullen we even helpen met het opzetten van de
tenten?', vragen de ouders.
'Nee, dat kunnen we zelf', vindt Mara.
'We hebben dat al zo vaak gedaan.'
'Weet je het zeker?', vraagt haar vader.
Hij weet wel dat Mara niet zo handig is.
Maar Mara knikt beslist.

'Dan gaan we maar weer terug', zegt haar vader.
Hij klinkt een beetje teleurgesteld.
Mara kan zich dat wel voorstellen.
Het ziet er ook zo gaaf uit op de camping.
'Misschien kunnen jullie hier nog een kopje
koffie drinken', stelt ze voor.

'Ja', zegt haar moeder.
'Laten we even met z'n allen naar het restaurant gaan.
Dat vind ik wel gezellig.'

Ze laten de tenten op het gras liggen.
En ze lopen met elkaar naar het restaurant.
Dat ziet er ook al zo leuk uit, met picknicktafels.

'Kijk nou', zegt Jesse verbaasd.
Hij wijst naar een groot bord, bij de ingang.
Morgenavond optreden van Blauwe Maandag,
staat er.
En daaronder: De nieuwe ontdekking van
Nederland.
Paul en Bob slaan hun handen hoog tegen
elkaar.
'Dat zijn wij!', roepen ze. 'Vet man!'

Na de koffie gaan de ouders van Mara en Marijn
weg.
Terug naar de boot. En terug naar huis.
'Veel succes', zwaaien ze uit de autoraampjes.
'Dag Blauwe Maandag, tot over een paar weken!

Mara zucht.

'Nu zijn we echt alleen', zegt ze.

Het voelt wel goed, maar toch ook een beetje eng.

'Kom', zegt Jesse.

Hij pakt haar hand.

'We gaan de tenten opzetten.'

Handjeklap

's Avonds zitten ze bij elkaar voor de tent van de jongens.
Ze hebben heerlijk gegeten in het restaurant.
En het is nog geen tijd om naar bed te gaan.
Eigenlijk wou Mara naar het strand toe.
Met Jesse.
Maar Jesse had er geen zin in.

'Laten we een spelletje doen', zegt Bob.
'Handjeklap?', vraagt Paul.
De anderen kijken verbaasd.
Handjeklap, wat is dat?
Paul legt het uit.

Je zit in een kring, met je handen naast elkaar.
Dan geeft iemand een klap op de tafel.
Die klap moet doorgegeven worden.
En de klap kan ook weer teruggaan.
Wie het niet goed doet, moet een glaasje drank opdrinken.
'Bier?', vraagt Marijn.
Nee, geen bier.

Paul haalt een fles tevoorschijn.
'Het is een mixdrank', zegt hij.
'Lang niet zo sterk als rum en zo.'
'Laat eens ruiken', zegt Mara.
Mmm, het ruikt wel lekker.

En dan begint het spel.
Het lijkt heel makkelijk, maar toch maakt
iedereen steeds een fout.
En hup, dan moet er weer een glaasje mixdrank
gedronken worden.
Het is wel een lekker drankje.
En het is steeds maar een klein glaasje.
Maar toch worden ze er heel snel heel vrolijk van.

'We moeten stoppen', zegt Bob na een uurtje.
'Hè nee', giechelt Mara.
'Het begint net leuk te worden.'
'Het zal wel moeten', zegt Bob.
'De fles is leeg. En de tweede ook. En de derde ook.'
Hij houdt drie lege flessen omhoog.

'Hebben we drie hele flessen leeggedronken?',
vraagt Jesse verbaasd.

Bob knikt.

'Maar we zijn met z'n vijven', zegt Marijn.

'Dus per persoon valt het wel mee.'

'Als je er een hele dag over doet wel', zegt Bob.

'Maar wij hebben die flessen in een uur opgemaakt.

We mogen dus niet autorijden vanavond.'

Ze moeten allemaal erg lachen om Bob.

Kater

De volgende ochtend heeft Mara hoofdpijn.
En dorst. Vreselijke dorst.
Ze neemt gauw een slok water uit de fles die
naast haar ligt. Hè, lekker.
Dan kruipt ze uit haar slaapzak.
Ze pakt haar kleding en haar toilettas.
Eerst maar even naar de douche.
Daar knapt ze vast wel van op.
Woeps, ze zakt bijna door haar benen.
Hè?, denkt Mara. Mijn benen lijken wel van rubber.
Zou dat allemaal door die mixdrank komen?

Het was wel leuk gisteravond.
Ze hebben echt gelachen met elkaar.
Veel meer dan anders.
Zou dat door de drank komen?
Of door Terschelling?
Nou ja, door allebei waarschijnlijk.

Mara doet een paar muntjes in de douche.
En dan laat ze het warme water over haar gezicht
lopen.

Daar knapt ze van op.
Alleen de hoofdpijn blijft.
En die rare rubber benen ook.

Van de doucheruimte loopt Mara naar de tent
van de jongens.
Die is nog dicht.
'Hé slaapkoppen', roept Mara.
'Kom er eens uit.
Het is prachtig weer. Echt strandweer.'
Maar het blijft stil in de tent.
Ze zullen toch niet weggegaan zijn?, denkt Mara.
Een ochtendwandeling naar het strand of zo?

Ze doet de rits van de tent open.
Jakkes.
Ze doet meteen een stap achteruit.
Wat een vieze lucht komt er uit de tent.
Een van de jongens heeft zeker overgegeven.

Groene zee

De jongens zitten sloom op een rijtje voor hun tent.
'Ga nou douchen', zegt Mara.
'En ruim die stinktroep op.'
Ze is net terug van het winkeltje.
Daar heeft ze lekkere verse broodjes gehaald.
Maar de jongens hebben geen trek in lekkere verse broodjes.

'Wah, ik ben brak man', zegt Marijn.
Hij rekt zich uit en kijkt Mara met rode ogen aan.
Ja, knikken de anderen.
'Wat een goor spul was dat, zeg, die mixdrank', gaat Marijn verder.
'Van bier word ik nooit zo beroerd.'
Nee, schudden de anderen.
Ze staren allemaal duf voor zich uit.

Er is geen beweging in de jongens te krijgen.
Het liefst zouden ze zo weer in hun slaapzak kruipen, denkt Mara.

'Nou, jullie zoeken het maar uit', zegt Mara.
'Ik ga naar het strand.'
Ze pakt een paar broodjes uit de zak en loopt weg.
Wat een aanstellers, denkt Mara nijdig.
Ik voel me ook niet zo lekker, en ik sta toch ook
gewoon op?

Maar de zon schijnt en het weggetje naar het
strand is mooi.
Mara is haar boosheid gauw kwijt.
Links en rechts van het zandpad staan struiken
in bloei.
Mara heeft geen idee hoe de bloemen heten,
maar ze ruiken lekker.
Naar kruiden.
Dan gaat zandpad ineens steil omhoog, een duin
op.
Dat valt niet mee met rubber benen.
Maar ze komt er wel.
Boven op het duin staat Mara stil.

Voor haar ligt een breed wit strand.
Een groene zee rolt er steeds in grote golven
naartoe.

Wat mooi, denkt Mara.
Zo heb ik het strand nog nooit gezien.
Helemaal leeg.
Het is net of ik de enige mens op de wereld ben.
Met haar armen omhoog holt ze het duin af.
Natuurlijk valt ze onderaan, voorover in het zand.
Maar dat maakt niet uit.
Niemand kan haar zien.

Mara loopt het brede strand over, helemaal tot
aan de zee.
Dan trekt ze haar schoenen uit.
Met haar blote voeten loopt ze door het zeewater.
Het is wel koud.
Maar toch lekker.

Jing

Mara heeft het gevoel dat ze al uren door het water loopt.
En nog steeds heeft ze niemand gezien.
Alleen vogels. En misschien een zeehond, in de verte.
Maar dat weet ze niet zeker.
En dan ineens hoort ze iemand roepen: 'Mara, Mara!'
Dat hoor ik verkeerd, denkt Mara.
Dat komt natuurlijk door de stilte.
Dan ga je dingen horen die er niet zijn.
Maar dan hoort ze het weer: 'Mara, hallo Mara!'
Mara kijkt om zich heen.
Nee, niemand.
Wat is er met haar oren aan de hand?

En dan ziet ze het ineens.
In de verte, tegen de duinen aan, staat een meisje te zwaaien.
'Jing?', zegt Mara verbaasd.
Ze kijkt nog eens goed.
Ja, het is Jing.

Geen twijfel mogelijk.
Mara begint te rennen en ook te zwaaien.
'Ha, Jing! Wat doe jij nou hier?', roept ze.
Jing lacht.
'Dat kan ik ook aan jou vragen', antwoordt ze.
De meisjes slaan hun armen om elkaar heen.
Dan ploffen ze samen in het zand.

'Ik help mijn broer', zegt Jing.
'Je broer deed toch de modeacademie?', vraagt
Mara.
'Net als jij?'
Jing knikt.
'Hij heeft net eindexamen gedaan', zegt ze.
'Voor het eindexamen heeft hij strandkleding
ontworpen.
En dat laat hij hier op het strand aan de mensen
zien.
Sommige mensen bestellen iets bij hem.
Ik help hem met het maken van die kleding.'

Mara knikt.
'Maar waar wonen jullie dan?', vraagt ze.
Jing wijst naar een klein huisje verderop.

Het eerste optreden

Als Mara terug op de camping komt, is het al
vier uur.
Ze heeft al die tijd met Jing gekletst.
En de strandkleding van haar broer bewonderd.
Prachtige kleding, gemaakt van oude
spijkerbroeken.
'Het is allemaal zo mooi', had ze tegen Jing gezegd.
'Veel te mooi voor een huisje bij het strand.'
Jing moest lachen.
'Het past juist wel', had ze geantwoord.
'Onze kleding is net zoals ons huisje.
We maken iets moois van oude spullen.'

'Ha, daar ben je', zegt Marijn.
'We gaan zo oefenen in de schuur.'
Mara knikt en loopt in de richting van de schuur.
Ik hoop maar dat het goed gaat, denkt ze.
De jongens waren zo duf.
Ze zullen vast niet zo goed spelen als anders.

Maar het valt mee.
De jongens spelen eigenlijk zoals altijd.

Ze hebben kennelijk geen last meer van hun kater.
En nu Mara erover denkt: zij ook niet.
De hoofdpijn is weg.
En haar benen voelen weer gewoon
Gelukkig maar.
Hun eerste optreden moet goed gaan.

En het gaat goed!
Er komen veel kampeerders luisteren.
Eerst naar het oefenen van het bandje.
'Willen jullie dat wel?', had Gijs, de campingbaas gevraagd.
'Vinden jullie het niet vervelend als er publiek is bij het oefenen?'
Marijn had zijn hoofd geschud.
'Nee hoor', zei hij. 'Juist wel leuk. Toch?'
Hij keek vragend naar de anderen.
En die hadden geknikt.
Ja hoor, best leuk.

En 's avonds komt er nog veel meer publiek.
Iedereen danst en zingt en klapt en juicht mee met de muziek. Het is een groot feest.

Alweer licht

Er zijn nog maar een paar mensen in de schuur.
Ze ruimen de rommel op.
Mara en de jongens zijn bezig de instrumenten
in te pakken.
Het al laat.
Of beter gezegd: het is vroeg.
Het begint buiten al licht te worden.

'Willen jullie nog iets drinken?', vraagt de
campingbaas.
'Iets fris of misschien een biertje?'
Maar het bandje wil niets drinken.
Ze zijn allemaal doodmoe.
Ze willen slapen.
'Het was geweldig, vanavond', lacht Gijs.
'Zoveel mensen komen er nooit op
maandagavond.
Dat komt echt door jullie.
Ik heb veel eten en drinken verkocht.
Ik zet jullie voor morgen weer op het bord, oké?'
Ja hoor, best.
Ze zwaaien slaperig naar Gijs.

Jesse en Mara lopen samen naar de tenten.
Jesse heeft zijn arm om Mara's schouders
geslagen.
Het is de eerste keer dat we zo lopen, denkt
Mara.
Ze kijkt naar boven.
De maan schijnt nog. Maar de sterren kun je
bijna niet meer zien.
De hemel is licht aan het worden.
Heel romantisch allemaal.
Maar Mara is te moe om ervan te genieten.

'Zal ik bij je in de tent komen slapen?', vraagt
Jesse.
Mara schrikt ervan.
Natuurlijk heeft ze daar wel aan gedacht, toen ze
nog thuis was.
Samen met Jesse in haar tentje...

Maar nu het zover is...
'Ik ben doodmoe', zegt ze.
'Alleen maar slapen?', smeekt Jesse.
Maar Mara schudt haar hoofd.
'Er komen nog nachten genoeg', belooft ze.

Campingleven

Als Mara wakker wordt is het al ver in de
middag.
De zon schijnt heet op haar tentje.
Gauw ritst ze de tent open. Hè lekker, frisse lucht.
Ze haalt diep adem en laat de zon even op haar
gezicht schijnen.
Ik ga weer naar het strand, denkt ze.
Lekker met mijn voeten door de zee.
Misschien wel zwemmen.

Ze doet haar bikini aan en gaat naar de tent van
de jongens.
Die liggen allemaal nog te slapen.
Hun tent staat in de schaduw van een grote
boom.
Zij zijn niet wakker geworden van de hitte.
'Jesse', zegt Mara.
'Jesse, ik ga naar het strand. Ga je mee?'
'Huh?', hoort ze Jesse brommen. 'Wat?'
'Het is prachtig weer. Ga nou mee naar het
strand', zegt Mara.
'Ga maar vast', zucht Jesse. 'Ik kom zo wel.'

Mara haalt haar schouders op.

Leuk zo'n vriendje, denkt ze.

Nou ja, dan maar alleen naar het strand.

Ze draait zich om.

En dan ziet ze het pas. De biermuur.

Naast de tent van de jongens staan kratten bier
hoog opgestapeld.

Vier kratten hoog en tien kratten lang is de
muur.

Mijn hemel, denkt Mara.

Van wie zouden al die kratten bier zijn?

40 x 24 flesjes, dat is...

Nou in elk geval erg veel bier, denkt ze dan.

En ze loopt de duinen in.

Het nu veel drukker dan gisteren.

Toen was ze vroeg in de ochtend.

Iedereen op de camping sliep nog.

Nu is het laat in de middag.

En komen de kampeerders zo langzamerhand
uit hun slaapzak.

Raar hoor, zo'n campingleven.

Iedereen slaapt als ze zon schijnt.

En iedereen feest als het donker is.

Blauw rokje

Wat zal ik doen?, denkt Mara als ze op het strand is.
Zwemmen? Mwah, wel koud, die zee.
Dan maar door de zee lopen, langs het strand.
Dat is altijd lekker.
Misschien ziet ze Jing wel weer.
Jing was gisteravond in de schuur, met haar broer.
Dat had Mara wel gezien.
Maar verder had ze Jing niet gesproken.

Als Mara bijna bij het kleine huisje is, komt er een jongen naar haar toe.
Als hij vlakbij is, ziet ze het pas.
Het is Tsang, de broer van Jing.
'Hey Little Green Skirt', zegt Tsang lachend.
'Ha Tsang', antwoordt Mara.
'Vond je het leuk, gisteren?'
Tsang knikt. 'Ik heb iets voor je', zegt hij dan.
Hij houdt een kort blauw rokje omhoog.
Gemaakt van kleine lapjes spijkerstof.
'Wat leuk!', roept Mara enthousiast.

'Je mag het hebben', zegt Tsang.

'Zomaar?', vraagt Mara verbaasd.

Tsang lacht even.

'Nou, niet helemaal zomaar', zegt hij dan.

'O?', vraagt Mara.

'Wil je het dragen, als je optreedt met Blauwe Maandag?', vraagt Tsang.

'En dan zeggen dat ik het heb gemaakt?'

Mara schiet in de lach.

'Echt?', vraagt ze.

'Ja, echt', zegt Tsang.

'Als jij het draagt, is dat een geweldige reclame voor ons.'

Mara moet weer lachen.

'Zoals filmsterren doen met dure jurken van bekende ontwerpers?', vraagt ze.

Tsang knikt ernstig.

'Ja, dat is precies hetzelfde', vindt hij.

'Wow', zegt Mara.

Ze pakt het rokje aan.

En ze voelt zich ineens heel belangrijk.

Succes

Het gaat steeds beter met het bandje.
Iedere avond dat ze optreden, zit de schuur
helemaal vol.
Niet alleen kampeerders van de camping komen
kijken.
Maar ook veel andere toeristen.
Blauwe Maandag is hartstikke beroemd.
Tenminste, op Terschelling.

Mara draagt nu kleding van Jing en haar broer.
Blauwe-Maandagkleding.
Mara zegt dat ook, voordat ze gaat zingen.
'Onze Blauwe-Maandagkleding is ontworpen
door Jing en Tsang. Daar zitten ze.'

En dan wijst ze naar het tafeltje waar Jing en
haar broer zitten.
Want die komen altijd naar hun optreden toe.
Ze hebben al best veel kleding verkocht.
Vooral korte rokjes van kleine lapjes blauwe
spijkerstof.
Natuurlijk omdat Mara zo'n rokje draagt.

En Gijs heeft gevraagd of het bandje een cd wil
maken.
Gijs kent wel iemand die dat kan regelen.
Het publiek wil graag een cd van Blauwe
Maandag.
Als aandenken aan de vakantie.

Natuurlijk heeft Marijn gezegd dat ze dat best
willen. Het probleem is alleen het geld.
Ze moeten de studio zelf betalen.
En dat is een beetje lastig.
Want Blauwe Maandag verdient nog niks.
'Ik kan jullie wel helpen', heeft Gijs gezegd.
'Dan leen ik jullie het geld en dat betalen jullie
dan later weer terug.'
Maar Marijn weet niet of hij dat wel moet doen.
Tweeduizend euro is een hoop geld.

'Dat geld verdien je zo weer terug', zei Gijs.
'Je verkoopt zo'n cd voor tien euro.
Dus met tweehonderd cd's ben je uit de kosten.
Het gaat hartstikke goed met Blauwe Maandag.
Denk er maar eens over na.'

Samen

Met Jesse en Mara gaat het ook goed.
Ze fietsen samen door de duinen.
Ze zwemmen samen in de groene golven.
Ze liggen samen in het warme zand.
En ze wandelen samen door de nacht.
Zoals nu.
De andere jongens zitten in hun tent.
En doen handjeklap.
Maar Mara en Jesse lopen door de duinen.
Hand in hand.

'Vind je het niet geweldig hier?', vraagt Mara.
Ze kijkt naar boven, naar de volle maan.
Het witte licht schijnt over de toppen van de
duinen.
Het is heerlijk om nu buiten te zijn.
'Veel fijner dan Amerika, toch?', voegt ze eraan
toe.
Ze verwacht dat Jesse zal zeggen dat hij het
fantastisch vindt in Nederland.
Maar dat gebeurt niet.
Jesse zwijgt en kijkt naar de grond.

'Jes?', vraagt Mara.

Ze knijpt even in zijn hand.

'Mis je Amerika nog steeds?'

Jesse haalt zijn schouders op.

'Ik heb het geweldig met jou en Blauwe Maandag', zegt hij.

'En hier op Terschelling is het ook hartstikke gaaf.

Maar verder..., ik weet het niet.

Ik mis mijn vader zo,' zegt hij zachtjes.

'Kun je dan niet met hem bellen?', vraagt Mara.

'Of mailen of schrijven?'

Jesse zucht en schudt zijn hoofd.

'Mijn vader is dood', zegt hij zachtjes.

'Verongelukt.'

'Met een vliegtuig?', vraagt Mara.

'Ja', knikt Jesse. 'Tijdens een oefening.'

Mara weet even niet wat ze moet zeggen.

'Zijn je moeder en jij daarom weggegaan uit Amerika?', vraagt ze dan.

'Ja', zegt Jesse. 'We mochten niet blijven.

We hebben geen Amerikaans paspoort.

En we kregen geen verblijfsvergunning.'

Drijfnat

Mara en Jesse lopen terug naar de camping.
Er zijn inmiddels wolken voor de maan
geschoven.
En af en toe valt er een spatje regen.
Mara heeft medelijden met Jesse.
Het zal je maar gebeuren, plotseling geen vader
meer hebben.
En dan ook nog naar een ander land moeten
verhuizen.

Plotseling begint het harder te regenen.
Dikke druppels vallen uit de donkere hemel.
'Kom, rennen', zegt Jesse.
Hij pakt Mara's hand en trekt haar mee.
Ze zijn niet ver meer van de camping.
Maar ver genoeg om drijfnat te worden.

Ze rennen langs het donkere restaurant.
Ze rennen langs de schuur met het rieten dak.
Ze rennen langs de natte tenten op de camping.
En dan zijn ze bij de tent van Mara.
'Kom', zegt Mara.

Ze ritst de tent open en gaat naar binnen.
Jesse komt achter haar aan.
Mara knipt een zaklamp aan.
'Ik doe eerst die natte kleding uit', zegt ze.
Ze begint meteen haar schoenen en sokken uit te doen.
En dan haar T-shirt en spijkerbroek.
Bij het licht van de zaklamp zit ze daar in haar ondergoed.
Met een handdoek droogt ze haar haar.
Jesse kijkt naar Mara zonder zich te bewegen.
Zijn hart klopt in zijn keel.

'Doe nou ook uit, die natte spullen', zegt Mara.
'Anders mag je niet bij mij in m'n slaapzak, hoor.'
Ze grinnikt en kruipt in haar slaapzak.
En dan pas kleedt Jesse zich uit.

Even later liggen ze warm tegen elkaar aan, onder Mara's slaapzak.
Samen in de slaapzak ging niet.
Daarvoor is de slaapzak te klein.

Zenuwachtig

Jesse weet niet goed wat hem overkomt.
Natuurlijk heeft hij al vaak gefantaseerd over
Mara.
Hoe het zou zijn om haar bloot te zien.
Hoe het zou zijn om haar blote lichaam aan te
raken.
Haar borsten. Haar buik. Haar billen.
En hoe het zou zijn om met haar te vrijen.
Maar nu hij echt samen met haar in een tentje
ligt...
Nu is hij eigenlijk te zenuwachtig om iets te
doen.

Gelukkig is Mara niet zo zenuwachtig.
Ze legt haar hoofd op zijn blote borst.
Haar haar is nog nat van de regen en ruikt naar
buiten.
'Jes?', vraagt ze zachtjes.
'Mmm', antwoordt Jesse.
'Ben jij wel eens met iemand naar bed geweest?',
vraagt Mara.
Jesse schrikt van die vraag.

Ook daar heeft hij natuurlijk wel eens over nagedacht.

Wat hij zou antwoorden, als Mara hem dat zou vragen.

'Nee' is de waarheid, maar dat klinkt zo stom.

'Ja' is niet waar, maar klinkt veel stoerder.

'Ik niet', zegt Mara zachtjes.

'Jij bent de eerste jongen die me bloot heeft gezien.'

Nu moet Jesse even lachen.

'Ik heb niks gezien', fluistert hij terug.

'Je zaklamp geeft niet veel licht.

Volgens mij is de batterij bijna op.'

Nu moet Mara ook lachen.

'Wacht', zegt ze. 'Ik heb nog een zaklamp.'

Ze wil onder de slaapzak vandaan kruipen om de lamp te pakken.

Maar Jesse houdt haar tegen.

'Ik hoef je niet te zien', zegt hij zachtjes.

'Ik kan je voelen en dat is veel spannender.'

En dan gaat alles eigenlijk vanzelf.

Jesses handen strelen Mara's lichaam.

En Mara's handen strelen Jesses lichaam.
Hun lippen kussen elkaar.
De regen tikt op het kleine tentje.
Buiten is het akelig nat en kil.
Maar daar hebben Mara en Jesse geen last van.

Bezemsteel

'Ik heb condooms', zegt Mara na een tijdje.
'Weet je hoe je die om moet doen?'
Ze duwt hem een plat vierkant pakje in zijn hand.
'Ja', fluistert Jesse terug.
'We moesten ermee oefenen op school.'
'In het echt?', giechelt Mara.
'Nee, natuurlijk niet', grinnikt Jesse.
'Om een bezemsteel.'
En dan moet Mara vreselijk lachen.
Ze ziet het al voor zich.
Alle jongens van de klas met een bezemsteel.
En maar oefenen met die condooms.
De tranen lopen over Mara's wangen.

Eerst lacht Jesse met Mara mee.
Maar na een paar minuten vindt hij het wel
genoeg geweest.
'Hou nou op met lachen', zegt hij tegen Mara.
Maar Mara kan niet meer stoppen.
Ze heeft echt de slappe lach.
Ze probeert het wel.
Maar iedere keer dat ze naar Jesse kijkt, ziet ze

die bezemsteel voor zich.
En dan proest ze het weer uit.

Jesse wordt een beetje kwaad.
Het was allemaal zo romantisch.
En die sfeer is nu helemaal weg.
Hij trekt Mara naar zich toe, om verder te vrijen.
Hij kust haar mond en streelt haar schouders.
Maar Mara hikt van het lachen.
'Sorry, Jes', zegt ze tussen twee hikken door.
'Het gaat echt niet.
Ik denk dat we het een andere keer moeten
proberen. Laten we maar gaan slapen.'

Maar dat is niet wat Jesse wil.
Hij wordt zelfs een beetje kwaad.
'Bitch', zegt hij nijdig.
'Nou zeg', reageert Mara verontwaardigd.
'Ik kan er toch ook niks aan doen dat ik moet
lachen?
Had dan niks gezegd over die bezemsteel.'
En weer kan ze haar lachen niet inhouden.
Jesse pakt boos zijn natte kleren.
En hij loopt door de regen naar zijn eigen tent.

Rum-cola

Marijn, Paul en Bob liggen nog niet in hun
slaapzak.
Ze spelen nog steeds handjeklap.
Niet meer met bier, want het bier is op.
Ze drinken nu kleine glaasjes rum-cola.
De cola hebben ze zelf gekocht, bij het winkeltje.
De rum hebben ze gekregen van een fan.
Bob vult de glaasjes: half rum, half cola.
'Zo moet het toch?', vraagt hij aan Paul.
'Ja hoor', knikt Paul.

En dan komt Jesse de tent in.
'Hey, Jesse', roepen de jongens.
'Goed dat je er bent. Doe je mee?
We hebben nu echt lekkere drankjes.'
'Sure', antwoordt Jesse en hij gaat in de kring
zitten.

Het is gezellig, zo met z'n vieren.
Paul en Bob vertellen moppen.
Dat kunnen ze goed.
De ene mop na de andere.

Ze moeten er allemaal erg om lachen.
Jesse vergeet dat hij nijdig is op Mara.
Jesse vergeet zijn verdriet over zijn vader.
Jesse voelt zich prima.
Hij speelt handjeklap en drinkt kleine glaasjes
rum-cola.
Het is geweldig om vrienden te hebben.
Het is geweldig op Terschelling.

De jongens gaan door tot de drank op is.
'Ah man', zegt Marijn, terwijl hij probeert
overeind te komen.
'Ik moet eigenlijk naar de wc, maar dat haal ik
nooit.'
'Dan pis je toch even buiten de tent', vindt Paul.
Marijn knikt.
Dat lijkt hem wel een idee.
De anderen zijn ook bang dat ze de wc niet meer
halen.
Met z'n vieren staan ze naast de tent te piesen.
Het is natuurlijk erg vies.
Maar de jongens moeten er vreselijk om lachen.
Dit is pas vakantie.
Zoiets doe je thuis nou nooit. Lachen!

Regen

De volgende dag is Mara pas laat wakker.
Dat komt doordat het nog steeds regent.
De zon heeft geen kans gehad om haar te
wekken.

Ze voelt vaag dat er iets niet in orde is.
Maar ze weet niet meteen wat het is.
En dan denkt ze aan gisteravond.
En aan Jesse.
O ja, Jesse was kwaad.
Omdat zij zo moest lachen.
Om die bezemsteel.
Mara moet bijna weer lachen.

Zou Jesse nog steeds kwaad zijn?, denkt Mara.
En wat moet ik daar nou van vinden?
Moet ik het weer gaan goedmaken met hem?
Of kan ik beter wachten tot hij naar mij toe
komt?
Dan haalt ze haar schouders op.
Ik zie wel, denkt ze.
Ze kijkt op haar horloge. Twee uur.

Om vier uur moeten ze oefenen, in de schuur.
Eigenlijk hoeft dat niet meer, dat oefenen.
Ze hebben de liedjes nu zo vaak gespeeld.
Ze kunnen het ook wel zonder oefenen.
Maar ze blijven het toch doen.
Omdat Gijs het gevraagd heeft.

De kampeerders vinden het leuk om bij het
oefenen te zijn.
Vooral als het regent.
Dan zijn bijna alle picknicktafels bezet.
De kampeerders spelen er poker. En andere
kaartspelletjes.
En ze luisteren naar de muziek van Blauwe
Maandag.
Gijs verkoopt altijd heel wat als het regent.
Koffie, bier, bitterballen, cola, tosti's.

Vanmiddag wordt het wel heel speciaal,
dat oefenen.
Gijs heeft de mensen van de geluidsstudio
gevraagd.
Ze komen om opnames te maken.
Voor de eerste Blauwe Maandag-cd!

Geen cd?

Als Mara om vier uur de schuur in komt, ziet ze niemand.
Geen Jesse, geen Marijn, geen Paul en geen Bob.
En ook geen mensen met geluidsapparatuur.
Hè?, denkt Mara. Waar is iedereen?
Dan komt Gijs binnen.
'Hé Mara', zegt Gijs. 'Jou moet ik net hebben.'

'Ik weet niet waar de jongens zijn', zegt Mara.
Ze denkt dat Gijs dat wil weten.
Maar Gijs schudt zijn hoofd.
'Ik weet het wel', zegt hij.
'Ze slapen hun roes uit.
Ze hebben veel te veel gedronken vannacht.
Ze kunnen niet optreden.'

Mara kijkt hem verschrikt aan.
'Jesse ook?', vraagt ze.
'Ja', zegt Gijs. 'Alle vier.
Ik ben net langs hun tent gelopen.'

Mara trekt een rimpel in haar voorhoofd.

'Maar er zouden toch mensen komen voor die cd?', vraagt ze.

Gijs knikt.

'Ik heb ze maar afgebeld', zegt hij.

'Wat jammer', vindt Mara.

Gijs knikt weer.

'Ik moet met je praten, Mara', zegt hij.

Het klinkt ernstig.

'Ik zal het je maar meteen zeggen', begint Gijs.

'Jouw vrienden drinken te veel.

Ze zitten elke avond tot diep in de nacht te zuipen.

Ik heb er al eens iets van gezegd.

En dan beloofden ze dat het niet meer zou gebeuren.

Maar ja, de volgende avond was het weer raak.

Tot nu toe ging het optreden steeds wel goed.

Daarom heb ik het maar zo gelaten.

Maar nu...'

Gijs kijkt in de verschrikte blauwe ogen van Mara.

'Nu weet ik het ook niet meer', zegt hij zachtjes.

Verpesten

Mara schudt haar hoofd.
Dat ze daar nou helemaal niets van heeft
gemerkt!
Dat komt natuurlijk omdat ze een eigen tentje
heeft.
Ze weet gewoon niet wat de jongens allemaal
uitspoken in hun tent.
Ze slapen wel steeds lang uit en zo.
Maar ja, dat doen alle jongens op de camping.
En de meeste meiden ook.
Dat hoeft nog niet te betekenen dat ze iedere
avond dronken zijn.
En Gijs zegt dat dat wel zo is.

Mara zucht.
Nou begint dat gedoe van vorig jaar weer, denkt
ze.
Vorig jaar, toen ze uit het bandje stapte.
Omdat Marijn steeds dronken was.
Dat had trouwens wel geholpen.
Marijn was er erg van geschrokken, dat Mara
niet meer mee wilde doen.

En hij had maandenlang geen druppel drank aangeraakt.

Een beetje doelloos loopt Mara over de camping.
Ze heeft geen zin om naar haar tent te gaan.
Ze heeft geen zin om naar het restaurant te gaan.
Ze heeft eigenlijk nergens zin in.

Het ging allemaal zo fantastisch.
Ieder optreden was een groot succes.
Ze zouden een cd gaan maken.
Waarom moeten die jongens nou zoveel drinken?, denkt Mara.
Ze verpesten er alles mee.
Niet alleen voor zichzelf, maar ook voor mij.
De tranen lopen over haar wangen.
Het ergste vindt ze nog dat Jesse ook meedoet.
Jesse, die nog nooit gedronken had, toen hij naar Nederland kwam.
Omdat alcohol in Amerika voor tieners verboden is.

Het is ook veel te makkelijk hier, denkt Mara kwaad.

Zodra je zestien bent, kun je zoveel drank kopen als je hebben wilt.
En vaak ook wel als je nog geen zestien jaar bent.
Want in de supermarkt vragen ze nooit naar je leeftijd.
En al helemaal niet naar je paspoort of je ID-kaart.

De kroegtent

'Hé, Little Green Skirt', hoort Mara ineens.
Twee jongens staan naar haar te zwaaien.
Voor de biermuur.
Mara zwaait terug.
'Gaaf bandje zijn jullie', roept de een.
'Kom je wat bij ons drinken?', vraagt de ander.
'We hebben genoeg.'
Hij grijnst en wijst op de kratten.

'Ik heb liever een kop thee', zegt Mara.
'Kan ook', zegt de jongen.
'Gezellig', vindt de andere jongen.
'We zouden vanmiddag naar de schuur gaan.
Maar nu jullie niet optreden, blijven we maar
hier.'
Hij wijst naar een grote blauwe bungalowtent.

De jongens die de biermuur hebben gebouwd,
zijn met z'n zessen.
Ze slapen allemaal in aparte tentjes.
En ze hebben de grote bungalowtent, om gezellig
bij elkaar te zitten.

De kroegtent, noemen ze die.
Het is wel duidelijk waarom.
De biermuur staat vlak voor de kroegtent.
Je hoeft niet eens naar buiten om een flesje te pakken.

'Krijgen jullie dat bier echt allemaal op?', vraagt Mara.
De jongens knikken: O ja, makkelijk.
'Maar hoelang blijven jullie dan hier?', gaat Mara door.
'Twee weken', bromt een van de jongens.
'Maar dat is... dat is...' Mara loopt naar de biermuur toe.
'Dat is wel drie kratten per dag', telt ze gauw.
De jongens knikken weer.
'Dat is toch superveel', zegt Mara.
'Dan zijn jullie toch alleen maar dronken in je vakantie?'

De jongens moeten lachen.
Nee, echt dronken worden ze er niet van.
Wel als ze veel bier snel achter elkaar drinken.
Maar dat doen ze niet.

Ze drinken gewoon de hele dag door.
En dan zijn tien of twaalf flesjes per persoon niet
zoveel.
Mara kijkt ze met grote ogen aan.
'Niet veel?', roept ze uit.
'Man, het is vreselijk ongezond wat jullie doen!'

Stoer

Maar de jongens zijn het niet met Mara eens.
Ze werken het hele jaar.
En als ze op vakantie zijn, mogen ze zich best
eens lekker ontspannen.
En daar hoort gewoon een biertje bij.
Net als in het weekend.
Dan drinken ze ook wel twintig biertjes.
Helemaal niet gek, hoor.
Doodnormaal.
Dat doet iedereen.
Zeggen de jongens.
Trouwens drinken, dat is stoer.
Dat vinden meisjes toch leuk?

Mara schudt haar hoofd.
'Ik vind er niets stoers aan', zegt ze.
'Ik vind het best als iemand een biertje drinkt.
Maar je lam zuipen, dat vind ik dus zwaar klote.
En geloof me, ik kan het weten.
Mijn broer had vorig jaar echt een
drankprobleem.
Daar is niks stoers aan.

Alleen maar ontzettend ellendig.
Het ergste is...'
Mara's blauwe ogen kijken somber.
'Het ergste is dat mijn vriendje nu ook meedoet',
zegt ze.
'Ik denk erover om het maar uit te maken', voegt
ze er zachtjes aan toe.

De jongens kijken Mara aan.
'Wat is er dan gebeurd?', vraagt de een.
En dan vertelt Mara van de cd die ze zouden
opnemen.
En dat dat nu niet doorgaat.
Omdat het bandje vannacht alweer te veel heeft
gedronken.
'Ik ben ook bang dat Gijs ons nu niet meer wil',
zegt Mara.
'Heeft hij dat dan gezegd?', vragen de jongens.
'Nee', zegt Mara. 'Dat niet direct.
Maar hij heeft wel gezegd dat we die cd maar
moeten vergeten.'

De jongens knikken.
Het is jammer, maar wel te begrijpen.

Schamen

De jongens van Blauwe Maandag schamen zich
dood.
Ze schamen zich voor Mara.
Ze schamen zich voor de mensen die een cd
kwamen opnemen.
Ze schamen zich voor Gijs.
En ze schamen zich ook beetje voor Jing en
Tsang.
Ze vinden het echt vreselijk dat ze niet konden
optreden.
Ze willen het graag goed maken, maar hoe?

Jesse kijkt somber voor zich uit.
Nog maar 30 uur geleden zag de wereld er
prachtig uit.
Toen liep hij met zijn vriendin door de duinen,
in de nacht.
Toen lagen ze samen in een tentje onder een
warme slaapzak.
Toen was hij de keyboardspeler van een beroemd
bandje.
Een bandje dat een cd ging opnemen.

En nu is daar niets meer van over.
Blauwe Maandag bestaat niet meer.
En misschien is Mara zijn vriendin ook niet meer.
Dat weet Jesse niet zeker.
Ze heeft het niet echt uitgemaakt, maar ze heeft wel haar tassen ingepakt.
Mara wil terug naar huis. Ze heeft er genoeg van.

Jesse heeft van alles geprobeerd haar tegen te houden.
Maar Mara was vastbesloten.
'Ik heb geen zin meer in dat gezuip', zei ze.
'Niet van jou, niet van Marijn en niet van alle andere jongens.
Jullie hebben altijd wel een excuus.
Er moet iets gevierd worden.
Je voelt je niet zo prettig.
Het is lekker vakantie of weekend.
Er is altijd wel een reden om je te laten vollopen.
En dat al die alcohol van alles kapotmaakt, daar denken jullie nooit aan.'
Met twee van haar drie tassen loopt ze naar de bushalte.

Over een uur gaat de boot naar Harlingen.
Vanavond kan ze thuis zijn.
Het zal wel saai zijn, alleen thuis in de vakantie.
Maar ze moet doorzetten.
Weggaan is het enige dat helpt.
Als zij eenmaal weg is, dan kan het bandje echt niet verder.
En dan krijgen de jongens wel spijt.
Zoveel spijt, dat ze ophouden met drinken.

Somber

Jesse loopt terug van de bushalte.
Hij heeft Mara uitgezwaaid.
Maar ze zwaaide niet echt terug.
Ze stak alleen maar even haar hand op.
Geen vingers in de vorm van 'I love you'.
Geen blaas-kus.

Jesse schopt tegen een steentje.
Het steentje rolt een klein stukje over het pad.
'Ik denk niet dat jij geselecteerd wordt door Ajax',
zegt een meisje lachend.
Jesse kijkt op.
Het is een leuk meisje.
Hij lacht even naar haar.
Ze heeft een klein blauw rokje aan, ziet Jesse.
Precies zo'n rokje als Mara droeg, als ze zong.
Mara... Meteen staat zijn gezicht weer somber.
Met zijn hoofd naar beneden loopt hij door.

Hij denkt terug aan de afgelopen paar weken.
Het was erg gezellig met de andere jongens.
Hij voelde zich geweldig goed samen met hen.

Hij had vrienden. Hij hoorde er echt bij.
Natuurlijk was het met Mara ook fijn.
Maar toch anders.

Waarom is alles nou zo snel fout gegaan?, denkt
Jesse.
Is dat echt alleen maar door de drank gekomen?
Eigenlijk hoefde al die drank van hem helemaal
niet.
In het begin vond hij bier zelfs vies.
In Amerika al.
Zo af en toe dronk hij wel eens bier met zijn
vader.
Omdat hij dat stoer vond.
Niet omdat hij het zo lekker vond.
En eigenlijk is dat nog steeds zo.

Bij de tent zitten de andere drie jongens op de
grond.
Met een flesje water in hun hand.
Als Jesse niet zo somber was geweest, had hij
moeten lachen.
Dat is echt voor het eerst, denkt hij.
Kennelijk helpt het wel, dat Mara weg is gegaan.

Jesses moeder

De boot uit Harlingen is net aangekomen.
Er komen veel mensen vanaf.
Mensen met rugzakken en mensen met fietsen.
Vrouwen met kleine kinderen op hun arm.
Mannen met rare petjes op hun hoofd en hengels
in hun hand.
Auto's met bagage op het dak.
Mara kan de boot nog niet op.
Ze staat naast haar tassen te wachten.
En te kijken naar de mensen die het eiland op
komen.
Alle mensen kijken blij.
Alle mensen gaan fijn vakantie vieren.
Alleen Mara heeft niet zo'n vrolijk gezicht.

'Mara?', hoort ze ineens naast zich.
Verbaasd kijkt ze op.
De moeder van Jesse kijkt haar lachend aan.
'Kom je me van de boot halen?', vraagt ze.
O ja, denkt Mara. Dat is waar ook.
Dit weekend mogen de ouders komen.
Daar had ze helemaal niet aan gedacht.

Jesses moeder wijst op de twee grote reistassen bij Mara's voeten.
'Of ga je naar huis?', vraagt ze verschrikt.
Mara knikt.
'Is er iets gebeurd?', vraagt Jesses moeder.
'Nou, dat kun je wel zeggen', zucht Mara.

Jesses moeder weet even niet wat ze moet zeggen.
Maar dan pakt ze Mara's arm.
'Ga mee', zegt ze. 'We gaan wat drinken op dat terrasje.'
'De boot gaat zo', zegt Mara.
'Ik heb geen tijd om iets te gaan drinken.'
'Er gaan nog meer boten vandaag', vindt Jesses moeder.
'Ik wil graag weten wat er aan de hand is.
Kennelijk is het iets naars.
En misschien kan ik helpen.'

Mara weet niet goed wat ze moet doen.
Ze heeft eigenlijk helemaal geen zin om met de moeder van Jesse te praten.
Maar Jesses moeder pakt de tassen van Mara al op.

En loopt naar het terrasje toe.
Mara kan niets anders doen dan achter haar aan lopen.

'Ik neem een biertje', zegt Jesses moeder.
'Jij ook?'

Weg

Mara vertelt wat er gebeurd is.
Jesses moeder zit stil te luisteren.
Ze onderbreekt Mara geen enkele keer.
Als Mara klaar is, knikt ze.
'Ik was er al bang voor', zegt ze.
Mara kijkt haar verbaasd aan.
'Echt?', vraagt ze.
'Ja', zegt Jesses moeder.
'Ik heb er nog over gedacht om het in dat
contract van jullie te zetten:
Niet meer dan drie biertjes per dag, of zoiets.'
'Maar u was toch alleen maar bang voor
blowen?', vraagt Mara.
'U heeft helemaal niets gezegd over drinken.'

'Nee', geeft Jesses moeder toe.
'Ik vond het een beetje kinderachtig om daar iets
over te zeggen.
In Amerika doet iedereen zo overdreven.
Toen Jesse vijftien werd, kwamen een paar
vrienden om hem te feliciteren.
We hebben toen met elkaar in de tuin gezeten.

En een biertje gedronken.

Een biertje. Meer niet.

Toen de ouders van die jongens dat hoorden, werden ze woedend.

Jesses vrienden mochten niet meer bij ons thuis komen.'

Mara moet even lachen.

'Het was toch niet zo'n gek idee geweest', vindt ze.

'Van dat contract, bedoel ik.'

'Een contract kan altijd veranderd worden', zegt Jesses moeder.

'Jullie kunnen het er nog best bijzetten.

Misschien kan Blauwe Maandag dan weer doorgaan.'

De boot toetert drie keer.

Dat betekent dat hij gaat vertrekken.

Mannen zijn al bezig om de loopbrug weg te halen.

Mara kijkt naar haar tassen.

Ze kan die tassen oppakken.

En dan naar de boot rennen.
Maar waarschijnlijk lukt het haar niet om nog op tijd te zijn.
Een paar meisjes komen aanrennen.
'Wacht!', roepen ze. 'Wacht op ons!'
Zij kunnen nog net mee.
Dan wordt de loopbrug opgehaald.
En de boot vaart langzaam weg.

Nog een keer proberen?

Jesses moeder zit in de schuur op de camping.
Ze heeft net haar tentje opgezet.
Aan de andere kant van de camping.
'Ik zal niet zo dicht bij jullie in de buurt gaan
staan', heeft ze lachend gezegd.
'Maar ik wil er vanavond wel bij zijn.'
De jongens kijken haar verbaasd aan.
'Wat is er dan vanavond?', vraagt Jesse.
'Dan treedt Blauwe Maandag toch op?', zegt zijn
moeder.
'Ik wil jullie nou wel eens zien spelen.'

'U kunt dat natuurlijk niet weten', zegt Marijn.
'Maar Blauwe Maandag bestaat niet meer.'
'Waarom niet?', vraagt Jesses moeder.
'Hebben jullie geen succes?
Komt er niemand naar jullie luisteren?
Heeft de campingbaas een andere band
genomen?'

'Nee', zucht Marijn.
'Mara wil niet meer. Ze is teruggegaan naar huis.'

'O?', Jesses moeder kijkt heel verbaasd.
Alsof ze van niets weet.
'Maar waarom dan?
Ik dacht dat Mara het juist zo leuk vond.'
De jongens kijken beschaamd naar de grond.
En ten slotte vertellen ze het.
Dat Mara is weggegaan, omdat zij zoveel dronken.

Jesses moeder kijkt ernstig.
'Jullie moeten dat in het contract zetten', zegt ze
dan.
'Niet drinken op dagen dat er een optreden is.
En niet meer dan drie flesjes bier op andere
dagen. Zoiets.'
Marijn haalt zijn schouders op.
'Dat maakt nu toch niet meer uit', zegt hij.
'Mara is weg en blijft weg.'

'Ik denk dat ze wel wil terugkomen', zegt Jesses
moeder.
Ze pakt haar mobieltje uit haar tas.
En belt Mara op.
'De jongens willen het contract veranderen', zegt
Jesses moeder.

'Ze beloven dat ze niet meer dan drie biertjes per dag drinken.

En als jullie moeten optreden, drinken ze helemaal niks.

Wat denk je?

Wil je het nog een keer proberen met Blauwe Maandag?'

De jongens luisteren vol spanning.

Maar Jesses moeder zegt verder niets meer.

En het gesprek is afgelopen.

Well done

'Nou, vooruit dan maar', horen ze zachtjes.
De jongens draaien zich verrast om.
En daar staat Mara.
Met een kort groen rokje aan.

'Je bent niet weggegaan', roept Jesse blij.
Hij loopt naar Mara toe.
Hij slaat zijn armen om haar heen.
En hij kust haar.
Gewoon waar iedereen bij is.

'Doe je echt weer mee?', vraagt Marijn.
Mara knikt.
'Als jullie het contract veranderen', zegt ze.
'En als jullie je aan het contract houden,
natuurlijk.'

Paul en Bob zijn zo blij, dat ze Mara een zoen op
haar wang geven.
'Bedankt, Mara', zeggen ze.
Maar Mara schudt haar hoofd.
'Jullie moeten Jesses moeder bedanken.

Zij heeft me omgepraat.'
Jesse kijkt zijn moeder lachend aan.
En hij steekt zijn duim op.
'Thanks, mom', zei hij. 'Well done.'

Niet uit elkaar

Jesses moeder zit weer in de schuur.
Ze wacht tot Blauwe Maandag gaat spelen.
Samen met nog een heleboel andere
kampeerders.
De schuur zit bomvol.

'Ik was bang dat ze niet meer zouden optreden',
zegt een meisje tegen haar.
'Ik had gehoord dat ze uit elkaar waren.
Dat het echt maar een blauwe maandag had
geduurd, dat bandje.'
Jesses moeder lacht naar het meisje.
'Volgens mij gaan ze gewoon door', antwoordt ze.
Ze wijst naar het podium.

Daar komen de bandleden aan.
Marijn gaat achter zijn drumstel zitten.
Paul en Bob pakken hun gitaar.
Mara staat al bij de microfoon.
Alleen Jesse kruipt niet achter zijn keyboard.
Hij gaat naast Mara staan.

'The first song is for my mom', zegt hij in de microfoon.
'Because she is the best mom in the world.'

En dan klinken de eerste klanken van Little Green Bag.

Over de auteur

Marian Hoefnagel (1950) is taalkundige en lerares Nederlands. Ze geeft les op een school voor dove en slechthorende jongeren in Amsterdam. Ook is ze een van de initiatiefnemers van Stichting Makkelijk Lezen. Marian Hoefnagel schrijft over alledaagse en minder alledaagse tienerproblemen.

Uitgeverij Eenvoudig Communiceren

Uitgeverij Eenvoudig Communiceren maakt toegankelijke kranten, educatieve leesboeken over maatschappelijke thema's en informatieve brochures om de zelfredzaamheid van de lezer te vergroten. Alle uitgaven van Uitgeverij Eenvoudig Communiceren kenmerken zich door begrijpelijk taalgebruik en een heldere vormgeving. Kijk voor meer informatie op www.eenvoudigcommuniceren.nl.